玄暁雅 [げん ぎょうが]
璃寛皇国の現皇帝。この国で唯一、平和の象徴である「瑞兆」の証——黒髪黒目をもつ人物。
「ふふっ、健気すぎて涙が出ますね」
「……お前は生き生きしてるな……」
璃寛皇国
Rikan koukoku Hikikomori zuichouhiden
ひきこもり瑞兆妃伝
日々後宮を抜け出し、
有能官吏やってます。

「やーん、もふもふー」
一縷［いちる］
紗耶の危機に際して
突然現れた魔獣。

李琳［りりん］
紗耶付きの宮女。
紗耶が黒髪ということを知る
唯一の人間。
抜け毛一本
たりとも逃さず、
この秘密を守らせて
いただきます！」

「やっぱりやりがいのある仕事って良いですよ！」
京終紗耶 [きょうばて さや]
いつの間にか中華風の異世界にやってきてしまった日本人。
仕事場では、人を寄せ付けぬほどの働きぶりから
『氷華』とあだ名をつけられている。
佐伯踏青 [さえき とうせい]
紗耶が所属する戸部のトップ。
暁雅とも古い付き合い。

璃寛皇国 ひきこもり瑞兆妃伝

Rikan koukoku
Hikikomori zuichouhiden

日々後宮を抜け出し、有能官吏やってます。

しののめすぴこ

illust. toi8

口絵・本文イラスト
ｔｏｉ８

装丁
AFTERGLOW

もくじ

Contents

Rikan koukoku
Hikikomori zuichouhiden

本書は、二〇二〇年にカクヨムで実施された「第6回カクヨムWeb小説コンテスト　恋愛部門」で特別賞を受賞した「■瑞兆は濡烏を秘する■～後宮を仮宿にして、5年かけて有能官吏（男装）まで登りつめました、が、黒髪だけは隠したいっ！～」を改題、加筆修正したものです。

〈序章〉

「あら。こんな朝早くから、獣臭い庶民が走っているわよ」

「まぁあれが？　嫌だわ、朝の清々《すがすが》しさが台無しじゃない……。毎日毎日ひきこもって、自分の宮で何をしているのかと思っていましたけれど……こんな時間に、まるで童《わっぱ》ね」

「あの貧相な衣はどうなさったのかしら。装飾が一つも無いだなんて……。私なら恥ずかしくて部屋を出られませんわ」

「ふふふっ、それでひきこもっているなら可愛《かわい》いものじゃなくて？　でも見て、貞淑さを主張なさりたいのか知りませんけれど、あんな布を頭から被《かぶ》ってらっしゃるわ」

「心配しなくても、陛下の視界になんて入りませんのにねぇ」

クスクスと笑い合う軽やかな声音。

動くたびにシャラシャラと光を反射するのは、彼女たちが身につけた豪華な玉の装飾だ。

「あらぁ、あの御髪《おぐし》を隠したいのではなくて？　艶《つや》もなく痛みきった、見窄《みすぼ》らしい金髪」

「全然隠せていませんのにねぇ。よくそんな庶民の色で、この高貴な敷居を跨《また》げたものよ」

「……ほんとに迷惑なこと。ここは絢爛《けんらん》たる栄華の園・後宮。あのような色の庶民が交ざっているなんて、わたくし達の品位まで疑われかねませんわ……」

――美しい扇で口元を隠しながらも、潜める気のない陰口は、間違いなく自分に向けられたものだ。

京終《きょうばて》紗耶《さや》は、そんな中傷を軽く聞き流しつつ、先を急いでいた。

(今日はあの決裁書類の束をやっつけなきゃ……)

頭に浮かぶのは、執務室にある仕事の山。

簡単に承認できるものから、検討が必要で差し戻すものまで、様々な書類が紗耶の判断を待っているのだ。おおよそ飾り立てることが仕事である、後宮の妃《きさき》とは思えない悩みだ。

美しい花々が彩る後宮の中庭を突っ切りながらも、思考は完全に仕事中だ。

(州から出てくる書類って、毎回毎回どこか辻褄《つじつま》が合わないのよね……。収支だったら問答無用で突っ返してるけど、あの報告書はどうしようかな……。こっちの手間が増えるだけなのを考えると、修正案を作って渡してあげた方が早いか……)

その目鼻立ちはくっきりと整っており、髪と目を隠す為《ため》の布を目深に被っていなければ、結構な美人であることは間違いなかった。細身な肢体は腰が高く、小柄ながらも見栄えのする容姿だというのに、それを生かす事のない簡素な合わせ衣は地味な帯を巻いただけという飾り気の欠片《かけら》もないものだ。

裾《すそ》が跳ねるのを気にする事なく、目的地へと真っ直《ます》ぐ進んでいく紗耶。

出来れば人目を忍びたかったが、この際、忙しいのだから致し方ない。

――誰《だれ》もまさか忌み嫌っている庶民の女が、ひきこもりと称して毎日後宮を抜け出して、『官吏』として働いているとは想像もしないだろう。

（実際この世界に来て五年、誰にも不審に思われてないし……。衣食住が保証されている安全な仮住まいと思えば、これ以上に便利な場所は無いわー）

そう。

紗耶にとってここ、後宮とは、五年前に紛れ込んでしまった異世界でのただの寝床にすぎないのだ。

（……伸びてきた黒髪《地毛》を隠さなきゃいけない、ってのが面倒だけど……ね）

「――で、この髪はどうしたんだ？」

そう言って紗耶の湿った金髪を一房掴《つか》んだのは、黒髪を高く結い上げた二〇代中頃の美丈夫だった。

端整な顔立ちの切れ長の瞳《ひとみ》は思慮深い漆黒で、黒地に金で縁取りされた官服は、光の反射でわかる程度の緻密《ちみつ》な刺繍《ししゅう》が縫い込められている。ふんわりと薫る品の良い香は、服に焚《た》き染《し》められたものだろう。……一目でわかる、身分の高い装いだ。

しかしそんな高貴な雰囲気をまるで見せないこの男は、紗耶の隣に気軽に椅子を寄せ、尊大に長い足を組んでいた。

「……ええ、まぁ……ちょっと予想外の出来事が……」

山のように積まれた未読書類を端から整理していた紗耶は、勝手に椅子を持ってきて勝手に隣に陣取った男をチラリと見つめ、すぐに手元へと視線を戻した。

ここは何個もの長机が並んだ、尚書省《しょうしょしょう》・戸部《こぶ》の執務室だ。

官服に身を包んだ紗耶は、長官である戸部尚書の隣席を許された次官席で、戸部侍郎《じろう》としての官職をたまわっていた。たった五年で抜擢《ばってき》されるなんて異例中の異例らしいが、そもそも高校は商業高校で簿記も暗算も書類関係の処理も得意だったから、今のところとても快適に仕事をさせてもらっている。

現在、執務時間中ということで、紗耶を含め数人の官吏が、机の上に広げた書類と格闘していた。

尚書省の中でも戸部は慢性的に人手が足りず、常に効率との戦いを余儀なくされている部署である。忙しいので無駄話をする気は無い、と言外に匂《にお》わせたつもりだったのだが、隣にやってきた男はそれを汲《く》み取ることなく、深い色をした瞳で怪訝《けげん》そうに紗耶を覗《のぞ》き込んだ。

「ふーん……朝から行水でもしてきたのか？　まだ濡《ぬ》れているぞ……にしては苔臭《こけ》いな……」

「っ、人の髪の匂いを嗅《か》がないでください！」

官帽から胸元に垂れた金髪に鼻を寄せる男に、慌てて身体《からだ》を仰《の》け反《ぞ》らせる。

（ちょ……危ない危ないいっ、あんまり近づかれると、バレる……）

冷静に、怒ったふりをしながら官服の胸元を正す。

サラシできつく押しつぶしているとはいえ、万が一にも胸の膨らみに気付かれたら終わりなのだ。

何故《なぜ》かって？

紗耶は今、男として、この部屋にいるからだ。

胸は押しつぶし、声は低く、表情はあまり変えないように……。官服のゆったりした形のおかげもあってか、この五年、女だとバレずに過ごせているのはひとえに努力の賜物《たまもの》だ。

官吏に就けるのは男子のみ、という絶対の原則がある世界で、侍郎の位にまで上り詰めたのだ。

今更、その地位を捨てるつもりなんて毛頭無かった。

（……というか、そもそも後宮に籍がある身ではあるんですけどね……）

女だとバレても、後宮を抜け出していることがバレても、どちらも非常にまずい事態になるのは明白。

誰かからの無用な接近は、全力で避けるに限る。

用心には用心を重ねるくらいがちょうど良いのだ。

（……ってかそれよりも、髪の毛を引っ張られなくて良かったよ……）

胡乱《うろん》な目つきで男から距離を取りつつ、濡れたままの金髪を手櫛《てぐし》で整えた。脱色して傷んでいるからキシキシとひたすらに手触りが悪い。

……実は頭に被った官帽の中には、伸びてプリンになった『地毛の黒髪部分』を隠していた。黒髪が落ちてこないよう丁寧に編み込んで頭頂部で丸め、残った金髪を垂らして後ろ髪に見えるよう工夫に工夫を重ねたヘアスタイルだ。上から官帽を目深に被れば、大勢の金髪の官吏と同じ見た目に出来上がる、スグレモノ。

一応崩れないようにしっかり固定しているとはいえ、強く引っ張られるとどうなるか分からなかった。

――男装よりも何よりも、地毛の黒髪が見つかることの方がマズい。

何故ならば、金髪碧眼《へきがん》が主流のこの国において、黒髪黒目は『瑞兆《ずいちょう》』の証《あかし》……なんだそうですから。

『瑞兆』とは、この璃寛皇国《りかんこうこく》において、富と平和の象徴だ。永くの安寧を支え、その存在は絶対不可侵のものだとする、紗耶からすればよく分からない信仰がある。

数十年から数百年の間に一人、皇族からしか生まれない貴重な色彩の持ち主で、『日輪の君』と呼ばれ神にも等しい存在なのだとか……。

故に黒は禁色。もちろん染髪、騙《かた》りは重罪だ。過去にはそれで極刑になった者までいるというのだから恐ろしい。気が付いた時にはこの世界に紛れ込んでいた紗耶にとっては、迷惑甚だしい迷信だ。純日本人として、黒髪黒目を持っているというだけで勘違いされるなんて……絶対に面倒な事態に巻き込まれるに決まっている。避けて通るべきフラグだ。

というわけで、大学デビューの為に都合よく脱色していた金髪を有効活用して今に至る。

そして、そんなこの国で数百年ぶりの『日輪の君』だと騒がれている唯一の黒髪黒目を持つ男は、避けられてムスッとした表情で反論を口にした。

「……ただの世間話だろうが。苔臭い方が悪い」

「だからって、突然なんの断りもなく人の髪を嗅ぐだなんて……変態ですか」

「へ、へん………⁉」

「――あはははははっ」

愕然《がくぜん》と言葉を詰まらせる男に被《かぶ》せるように、朗らかな笑い声が割り込んだ。

中央の一番大きな机に座る、戸部尚書・佐伯《さえき》　踏青《とうせい》だ。

「いやぁー、女官方は元より、官吏にも絶大な人気を誇る貴方《あなた》といえど、『氷華』と名高いうちの戸部侍郎にかかればただの悪戯《いたずら》小僧ですねぇ」

そう言って丸メガネを押し上げた戸部尚書は、穏やかながら切れ者で、戸部をまとめあげて推進させる、この執務室の中心人物だ。その超人的な仕事っぷりには、紗耶のみならず戸部の全員が憧《あこが》れと尊敬の念を抱いている。

そんな戸部尚書の言葉に、男は更にムッとしたように唇を尖《とが》らせた。

「踏青……笑い事じゃない。お前の部下のくせに、何でこんなに態度がでかいんだ」

「すみませんが、戸部尚書を呼び捨てにしないでください」

「～お前っ、俺と踏青じゃ、態度に差がありすぎないか⁉」

「……尊敬度の差、ですかね……」

「あはははっ」

澄ました顔で答える紗耶に、爆笑の戸部尚書。

この男が戸部に遊びに来た時には、恒例にもなっている茶番だ。

室内の官吏たちは、また始まったとばかりに無言で聞き流し、己の作業に没頭している。

……唯一、この春から戸部に採用されたばかりの新人が一人、真っ青な顔で固まっているが、半年もすれば気にも留めなくなるだろう。

「くそっ、お前なんて忙殺されてろ」

「貴方は暇そうで何よりです」

「暇だと？　俺だって山のように積み上がった面倒な懸案をだなー……」

「私たちに手伝わせようとしてるんですよね」

「……ぐっ………」

容赦無く切り捨てられた男は、眉間《みけん》にしわを寄せながらも、このくだらない応酬を楽しんでいるようだった。本気で怒っていないことが分かる程度には、長く親しい付き合いをしている自負がある。

溜《た》まったストレスや鬱憤《うっぷん》を、気を使わない相手で発散しているのだから、お互い様なのだ。

「あははは！　ひー面白い……冷静沈着で辣腕《らつわん》家の貴方の、そんな姿が見られるのは戸部だけですねぇ」

笑いすぎて滲《にじ》んだ涙を拭《ぬぐ》う戸部尚書。

その穏やかな視線が紗耶に向いた。

「ふふふ……いやいや、しかし紗耶くん。面白いけれど、一応、そのぐらいに。書面の仕事以上に多忙であらせられるのだからね……──我らが皇帝陛下は」

そう。

この人こそが、この国の統治者・皇帝陛下なのだ。

皇族から生まれた『瑞兆』として、国民の期待を一身に受ける、璃寛皇国の皇帝・玄《げん》暁雅《ぎょうが》。

つまりは後宮の主人……私の形式上の旦那様《だんなさま》、ということになる。

ま、そう認知しているのは私だけだろうけれど。

この男は、京終紗耶という人間が後宮にいることなんて、全く覚えてもいないに違いない。

何故なら入宮してからの五年間、後宮の妃として召されたことも、出会ったことも、同じ空間に居たことすら無いのだから。

「……で、陛下。今日は何の面倒事をご相談ですか？」

不満げな顔の男が口を開くのを待ちつつ、確かに言われた通り若干臭う、湿った金髪に手を伸ばした。

派手に水を被ったのは、今朝《けさ》の話だ──。


早朝。

璃寛皇国の後宮、とある一角。

簡素ながらも身支度を整え、自室を後にした紗耶の目的地は、中庭から渡り廊下を渡った奥にある離れの小屋だった。

後宮を管理するための様々な用具が収納されている、いわば『倉庫』。

なぜそんな部屋に用があるのかというと、実は仕事場である各省の建屋に繋《つな》がる抜け穴があるのだ。

自室でサラシを巻き、髪を整え、官服を着込んでから女性用の上衣を羽織る。専属宮女の李琳《りりん》には着飾れないのが本当に勿体《もったい》ないと嘆かれつつも、その格好で倉庫まで来て上衣を脱ぎ、官帽を整えてから何食わぬ顔で抜け道を通る……。

それが、後宮を脱走する紗耶の、毎朝の一連の流れになっていた。

(さぁ、今日はどの仕事から進めようかな……期限ギリギリで上がってきた書類は早く見ないと直しの時間がなくなるし、門下省から出てきた新しい法案にも目を通したいし…………って、あれ?)

俯《うつむ》きがちに走っていた紗耶の視界に、渡り廊下を転がる小さな耳飾りが見えた。

美しく磨かれた乳白色の玉が、コロコロと床板を横切っていく……。

(あ……中庭の草むらに落ちちゃうな……)

深く考えずに、数歩追いかけ拾い上げた。

落とし主の事なんて全く意識してなくて、ただ、拾ってあげようという善意……だったのだが、

「――無礼なっ!!」

甲高い声音が耳をつんざいた。

驚きに肩を震わせ、慌てて顔を上げる。

「……蘭月様《らんげつ》（……と御一行様）……」

「っ、断りもなく蘭月様の前を横切るなど、なんたる非礼……っ！」

「お前が拾ったものは、蘭月様のお耳飾り。庶民が軽々しく触れて良いものではなくてよ！」

正面に立っていたのは、ひときわ豪奢《ごうしゃ》な装いをした紛れもない美姫だった。

大きな榛色《はしばみ》の瞳《ひとみ》と長い睫毛《まつげ》、濃い焦げ茶色の髪は高く結い上げられ、複雑に編み込んだ中には何個もの宝石がちりばめられている。

その表情は澄ましたままで、真っ直《まっす》ぐに紗耶に注がれていた。

一言も発していないのにその存在感は雄弁で、後方から憤怒《ふんぬ》の声を上げている何人もの取り巻きとは、明らかに格が違う。

「何を惚《ほう》けているのです！　さっさとそれを渡して下がりなさいっ！」

「あ、申し訳ありません……」

荒々しく前に出てきた化粧の濃い女が怒りのままに紗耶に手を突き出し、耳飾りを要求する。

その迫力に気圧《けお》された紗耶は、素直に従い恐る恐る拾った物を手渡すと、頭を下げて脇《わき》に避《よ》けた。

謝ったうえで道をあけたのだから、そのまま通り過ぎて欲しいなぁ……なんて思ったのだが、

「娘。わざとじゃないにしても、次はありませんよ」

「蘭月様はお前などとは違い、いつ陛下の御渡りがあっても良いよう御身を清めに行かれるのです」

「それを醜い嫉妬《しっと》心で邪魔立てしようなんて――」

蘭月様の後ろに並ぶ女達が口々に非難の声を上げる。自分たちだって後宮の妃……つまりは、陛

下の渡りがある可能性だってあるだろうに、まるで忠誠を誓った主人に対するような態度だ。

というのも、この後宮の事実上のトップが、目の前に立つ蘭月様なのだ。

特別な理由なく外に出ることの許されない『後宮』という閉鎖空間において、『四夫人』という、現状の妃の中の最上位に君臨し、その中でも家柄・美貌《びぼう》ともに文句ない美姫。……そりゃあ派閥にもなるわ。

諦《あきら》めて再度深々と頭を下げる。

「他意なんて……滅相もございません。草むらに落ちては大変だと、思わず拾い上げたまでで……」

「拾ってどうするつもりだったのやら……ねぇ？」

「そもそもそんな賤《いや》しい髪色をして、あわよくば陛下の御前に侍《はべ》ろうなど……思い上がりも甚だしいわ」

ふふふっ、と嘲《あざけ》るように笑う女達の言葉で、胸元に垂れる自身の金髪にチラリと目をやった。

今の紗耶はフードのように頭に布を巻いているのだが、肩下からは緩く編んだ金髪を見せていた。

脱色し、傷んだまま伸ばし続けられている本当に残念な髪……。

紗耶だって、切れるものなら切りたい。

けれど黒が禁色のこの世界で、地毛の黒髪を見せるなんて自殺行為だ。

「何たって陛下は、漆黒の髪と瞳という最上の貴色を纏《まと》っておられる『日輪の君』……。必ずや安寧なる治世を民にお与えくださるでしょう」

「そんな陛下のお側《そば》に、お前みたいな色の薄い娘なんて……晒《さら》し者《もの》にも程がありますわねぇ」

「うふふっ、その点わたくし達貴族は栗色《くり》。中でも蘭月様は、後宮内で最も濃い茶色をお持ちなのです。御二人が並ばれれば、どれほど壮麗なことでしょう……」

うっとりと蘭月様の髪を眺める女達。

金髪碧眼が主流のこの世界では、何故か『髪と目の色は濃ければ濃いほど良い』とされている。

特に髪色は身分と同等のステータスなのだ。貴族といえども色が薄ければ侮られ、格下貴族から色の濃い女子が産まれれば名家が嬉々《きき》として婚姻を申し込むのだとか。

だから貴族女性の殆《ほとん》どは、肌だけではなく髪が焼けてしまわないよう、外出時に日傘を欠かすことはない。紫外線という概念は無いが、日光によって僅《わず》かでも髪色が明るくなってしまうことを知っているのだ。

とはいえ、

(そんな栗毛で濃い色だって?　こちとら地毛は真っ黒ですけどね……)

だからこそ、都合よく脱色していたこの髪を切ることは出来ないのだ。見つかればどれだけ面倒なことになるか、想像に難くない。

「わたくしの不注意で皆様をご不快にさせたこと、大変申し訳ございませんでした」

このクソ忙しい朝の時間に、しょうもない問答に付き合わせるなよ……なんて心の中で毒づきつつも、全身で謝罪の意を示す紗耶。

ゆっくりと腰を落とす、貴族女性の最敬礼をとり、頭《こうべ》を垂れながら丁寧に釈明した。

彼女達には、こうやって態度で表せばいい。

私の方が格下である事を、私自身が示しさえすれば溜飲《りゅういん》が下がるのだ。

（なんてチョロイ……。強情な門下省の侍中なんて、数字を見せたって引きやしないのに……）

そんな悪態なんて一切悟らせないポーカーフェイスで、完璧《かんぺき》な礼の姿勢を取り続ける。

こういう腹の探り合いや持久戦は得意なのだ。……いや、得意にならざるを得なかった、と言えよう。

欲の渦巻く後宮と、陰謀の渦巻く官職を渡り歩いて五年。平穏に生き抜こうと思ったら、それぐらいの強《したた》かさが必要不可欠だったのだ。

（さぁ、ここまで言えばお優しい貴女《あなた》は許すしかないでしょう？）

予定調和のような流れで次の言葉を待っていると、ようやく、蘭月様の赤い唇が開いた。

「まぁまぁ、皆さん。もう宜《よろ》しいのではなくて？　庶民の出であれば無作法も致し方ありません。我ら教養のある者達が導いて差し上げねば、気付く機会もないのでしょうから」

「まぁ……さすがは蘭月様。こんな小娘にまで、なんてお優しい……」

「慈悲深きお言葉、感動いたしました……！」

鈴の鳴るようなその美貌に相応《ふさわ》しい声音に耳を澄ませていた周りの取り巻きたちは、すぐさま追従して褒め称《たた》え始める。要は『庶民が出しゃばったりせず、高貴な人間に従えよ』という話なのに、よくもまぁ、そんなおべんちゃらが次から次に出てくるものだ。

（てか、小娘って……私もう二三なんですけど……）

絶対に私より年下がいるでしょ……とは思うも、年相応の礼節を期待するのはこの後宮では高望みだ。

家柄・容姿、そして陛下にどれ程目をかけていただけるか……。それがこの場所での、絶対の序列なのだから。

今のところ儀礼式典以外、後宮を完全に無視して仕事に励んでくれている陛下のおかげで紗耶は安泰だし、後宮内の余計な衝突も生まれていないのが幸いだ。

……いや、幸いだったのだが、最近、過去形になってしまった。

わかりやすく『身分』で決まっていた序列を、少し前に後宮入りした一人の少女が壊したのだ。

曰《いわ》く、陛下と朝までお伴《とも》した、と。

後宮内に走った衝撃は相当なもので、お陰でこうやって紗耶への当たりも強くなっているのだから迷惑な話だ。

とにもかくにも、自分の優位を十分に見せつけて満足したのか、蘭月様は柔らかい表情で周囲を振り返った。

「さぁさ、瑣末《さまつ》な事に時間を取られるなんて勿体ありませんわ。皆さん、行きましょう」

「その通りでございますね、蘭月様」

「今日はたくさんの花弁を用意させたのです。広い湯殿に浮かべればきっと綺麗《きれい》ですわよ」

「まぁっ、それは楽しみでございますねぇ」

蘭月様の言葉で、一斉に興味を無くしたように歩き出す御一行様。

通り過ぎざまに、蔑《さげす》むように睨《にら》んでくるあたり、この人たちとは永遠に相容《あいい》れないだろうなぁと、心の中だけで溜息《ためいき》を吐《つ》く。

『貴人の姿が見えなくなるまで顔を上げてはならない』という礼儀を忠実に守り、通り過ぎるのを静かに待つ紗耶。ついでに瞳の色も隠せて丁度良い。

その耳飾りは処分しておきなさい、という蘭月様の冷めた声が聞こえたとしても、動じる事なんてカケラもなかった。

（ほんっと……瑣末な事だわー……）


渡り廊下で時間を取られつつも、ようやく広い後宮の中庭を突っ切る事が出来た紗耶。

倉庫に通じる道を歩きつつ、服装の乱れをきっちりと直す。

（頭の布はズレてないわよね。毛先の金髪だけは見えるように服の外に出して……）

手早く顔周りを整え、簡素な衣服を検《あらた》める。

（サラシもオッケー……服の下にもちゃんと官服を着てるし……）

あとは倉庫で上の衣を脱いで布の代わりに官帽を被れば、どこにでもいる官吏の出来上がりだ。

少し小柄な事に目を瞑《つぶ》れば、この五年、誰《だれ》にもバレたことの無い完璧な男装である。

すぐ目の前に倉庫が見えてくると、紗耶は足取りを緩め、目立ちにくい場所で立ち止まった。

さすがに入室するところを見られては不味《まず》い。

少し手前で草花を愛《め》でるふりをしながら周囲を確認する。

まぁ誰とも遭遇したことのない場所だし……と気を抜いていると……、

「……陽陵《ひりょう》様……」

まさかの、今、後宮で一番話題になっている人物が倉庫の前の道を歩いて来たのだ。

陛下と朝までお伴した、と噂《うわさ》の少女だ。

その真偽を面と向かって問い詰めた猛者《もさ》はいないらしいが、朝方、侍女を引き連れて自分の部屋へと戻る姿を多くの者が目撃したらしい。しかも若干疲れた様子を見せつつも頬を染め、陛下のご様子や声音、仕草なんかを話題にしていたというのだから打算的だ。

感極まった宮女達の浮ついた様子も含めれば、確実にこの陽陵様が、この後宮内での寵愛《ちょうあい》争いに王手をかけていた。

「……っ、どなた……⁉」

その陽陵様があからさまに驚愕《きょうがく》の表情で足を止めた。

亜麻色の髪に紺碧《こんぺき》の瞳という、貴族としては薄すぎる配色を持ちながらも、甘く幼い顔立ちによく似合っていて美少女と呼んで遜色《そんしょく》ない。煌《きら》びやかな絹の衣に玉のあしらわれた帯を巻き、髪に生花を挿した姿は、九嬪《きゅうひん》という序列ながらも四夫人である蘭月様に勝るとも劣らない絢爛《けんらん》な装いだ。

官服を隠せればそれで良い、と着飾ることに頓着《とんちゃく》していない紗耶と並んでしまえば、まるで姫と下女にしか見えない。

（……私ってば一応、この後宮に五年住んでる古株なんですけど、名前で呼ばれたこと無いな……）

なんて、どうでもいい自虐が頭をよぎりつつも、さっきの失敗を思い出して慌てて頭を下げる。

「失礼いたしました、陽陵様」

「………いえ、良いのですよ。……わたくしも、たまたま此方《こちら》を散策していただけですから」

突き放すような物言いだったが、これなら話が早いかも……とホッとしつつ礼を続ける。

実は、道から逸《そ》れた草の中に立っているせいで、伸びた葉がそよそよと素肌の手を擽《くすぐ》るのが辛《つら》いのだ。

早く立ち去ってくれんかなーと、もじもじしながら待っていたのだが、

「……ですが、貴女のような下賤《げせん》の民に、真正面から見つめられるなんて、不愉快にも程があります。どなた様付きの宮女かしら？」

想像通りの勘違いに、笑いそうになるのを堪《こら》え、更に深く頭を下げる。

「申し訳ございませんでした……。まさか、陽陵様ほどのお方が、こんな後宮の端まで散策に来られるとは思わず……」

「それは……わたくしを愚弄《ぐろう》しての言葉ですか!?」

（やーん、余計なこと言ったー………？）

なんて気付いた時には遅かった。

ヒステリックな陽陵様の声と共に、

――バシャッ……!!

勢いよく水をかけられたのだ。

「つめたっ……」

頭を下げていたから、一瞬、何が起きたのかわからなかった。

しかし、髪からポタポタと滴る水となんとも言えない生臭さ……。

倉庫の脇《わき》に放置されていた古桶《ふるおけ》に、雨水が溜《た》まっていたのを思い出す。

「わたくしは陛下と朝方までご一緒させて頂いた事もある、陸《くが》家の姫ですよ！　お前ごとき庶民の色無しが、気安く声を掛けて良い人間ではないのです」

頬を紅潮させて怒りに震える陽陵様。

だけれども……、

（……その時、陛下の隣にいたんですけどね、私も……）


「頭を冷やしなさい」

そう言って、苔《こけ》の生えた柄杓《ひしゃく》を投げつけた陽陵様は、足早に歩き去って行った……。

去り際にふわりと漂ってきたのは、甘い酒精の香り。

朝からお酒の匂《にお》いさせている人に言われても……なんて罵倒《ばとう》は、ポーカーフェイスで飲み込んだ紗耶だったが、水の滴る自分の惨状にはげんなりだった。

（どーすんのよ、コレ。中に着といた官服まで濡《ぬ》れてるし……）

もう、ほんっとうに面倒な世界だ。

なんだってこう、後宮のお姫様達は自尊心が高いのか。

そりゃ周囲の女達を蹴落《けお》としてナンボの閉鎖空間なのだから陰湿にもなるんだろうけど、それにしても煩わしい。私みたいに外で息抜きが出来ればなぁ……って、そもそも普通は、後宮を抜け出すような大罪の危険は冒さないか……。

脱走がバレたら家族も責任を問われるし、そもそもここにいるのは殆どが名家の貴族令嬢だ。一族のためにも後宮内での地位を掴《つか》まなければならないのだから、暇つぶしに抜け出して官吏になった紗耶とは根本が違う。

……とはいえ。

もしあのまま日本にいたとしたら、私は何をしていたんだろう。

奨学金で何とか掴んだ大学生活をエンジョイし、きっと今頃《いまごろ》どこかの会社に勤めていたのだろう。そして誰か好きな人ができて、もしかしたら結婚だって……。

なーんて想像してみるも、全く現実味が湧《わ》いてこない。むしろ、違和感しかないのだから不思議なものだ。

多少の不自由はあれど、今じゃもうこの生活以外考えられない。

やりがいのある仕事と、喧嘩《けんか》仲間のような陛下。憎まれ口を叩《たた》き合いながらも、有意義で刺激的な毎日……。

（…………そういえば、元の世界に帰りたいって思わなくなってるなー……）

不意に気付いてしまった事実に、少しの衝撃を受けて固まる紗耶。

確かに、紗耶には肉親なんていなかったが……それでも十分愛着を持って生活をしていた筈《はず》なのだ。

それもこれも全《すべ》てあの時、頷《うなず》いたからなのだろうか。あの川縁《かわべり》で、今よりもっとずぶ濡れで、後

宮に入ればいいと手を差し出してくれたその手を……と回想に浸りかけた時、

「……グルゥ……」

耳に馴染《なじ》んだ獣の唸《うな》り声に、パッと顔を上げた。

「一縷《いちる》！」

濡れねずみで立ち尽くしていた紗耶の前に、銀色の毛並みを持つ大型の獣が近づいてきたのだ。

犬にも狼《おおかみ》にも似た、凛々《りり》しい顔貌《がんぼう》。殆《ほとん》ど音の聞こえない足取りで静かに紗耶の目の前に立つと、その鋭い牙《きば》で咥《くわ》えていた何かを渡してくれた。

麻布に包まれたこれは……、

「うわっ、着替えっ⁉　ありがとぉお、いちるぅうう」

紗耶が濡れたことを察しての、官服一式だったのだ。李琳が予備として準備してくれていたものを、こうやって咥えて持ってきてくれたらしい。

思わぬフォローの手に感極まって抱きつく紗耶。

暖かくて触り心地の良い毛並みが、最高に癒《いや》される。

「やーん、もふもふー」

当の一縷もそんな紗耶の行動には慣れたものなのか、微動だにせず好きにさせていた。

むしろ、やれやれ……とでも言いたげな呆《あき》れた雰囲気が伝わってきて、更に強く毛並みの中に顔を埋《うず》める。

この世界で、紗耶のことをいつも助けてくれる、大事な存在だ。

が、彼は犬や狼の類なんかではない。

『魔獣』と呼ばれる、人々に脅威をもたらす種族だ。

しかし紗耶にとっては、この世界で唯一とも言える全幅の信頼を寄せる相手である。魔獣の実態なんて知らないが、一縷は紗耶の伝えたい言葉を理解しているし、人に危害を加えたりするところなんて見たことがない。だから後宮の自室にも一緒に住んでいるし、周りには『珍しい品種の犬』だと認識してもらっている。

まぁ……流石《さすが》に犬としては大型すぎて悪目立ちしてしまい、偶然紗耶を見かけた妃たちに『獣臭い庶民』だと嘲《あざけ》られたりもするが、さして気にもならない紗耶である。

それよりは……。

「――さーやーさぁまぁ～～～!?」

「ぎく……っ」

怒りを抑えたような少女の声音に、思わず肩を揺らす。

「ぎく、じゃありません！　もう！　李琳を置いていかないでくださいとあれ程お願いしているじゃありませんかー!!」

そろそろと一縷に埋めていた顔を上げてみれば、予想通り、綺麗な金髪碧眼《へきがん》をしたおかっぱの少女が腰に手を当てて仁王立ちしていた。この子が紗耶の唯一の専属宮女である、李琳だ。

李琳は、紗耶より少し年下という程度らしいが、低めの身長と童顔が相まって少女としか形容できない。けれど宮女として長く働いてきたらしく、紗耶でさえたじろぐパワフルさで宮を一人で回してくれているのだ。

「あ……あれー、李琳。どうしたの？」

「どうしたの、じゃありません！　お一人で出歩かれるなんて、そんな危ないことなさらないで下さいって何度もお願いしていますのにぃ〜！」

「いや、危ないって……ここちょー安全な後宮内だし……女しかいないし……」

「それが危ないんじゃないですかっ！　今のお姿をご自分で見られてくださいませ！　あんな……あんな無礼なことをされるだなんて……！　李琳は血管ぶち切れるかと思いましたわ‼」

拳《こぶし》を握りフルフルと震える李琳の迫力に一歩引く。李琳は怒らせると怖いのだ、本当に。

「あんなポッと出の新顔の方が、ここの古参であり陛下からの信頼も篤《あつ》い紗耶様に対して——」

「まぁまぁまぁまぁっ、ほら、あんまり大きい声では……」

「紗耶様はお優しすぎるんです！　本来であればもっと沢山の宮女を召し抱えられ、誰《だれ》もがそのお姿に希望を——」

「わーん、ごめんってばー！　李琳が忙しそうだったから、手を煩わせるのも悪いなぁって……」

だからこんな場所でそれ以上の話はしないでー……と、一応これでも密《ひそ》やかに行動しているつもりの紗耶の懇願だったのだが、

「紗耶様は李琳ごときのこと一切考慮されなくて良いのです！　行くと言われれば何を捨て置いても付いていくのが専属宮女の第一！　紗耶様は李琳を免職されるおつもりですか⁉」

「いやまさかぁー。……いえ、滅相もないです、ごめんなさい……」

「宮女に謝ってはいけません。敬語も禁止です」

「……はーい……」


……と、いうことがあり。

いきり立つ李琳を何とかなだめつつ、濡れた官服を着替えさせてもらった紗耶は急いで抜け穴をくぐり、何食わぬ顔で男として戸部の執務室へと辿《たど》り着《つ》くことが出来た、というわけだ。

あまり髪を拭《ぬぐ》う時間が無かったのは悔やまれるが、宮へ連れ戻そうとする李琳を、もう出仕の時間だから、と振り切ってきたのだ。隣で優雅に足を組む黒髪の男に当たっても仕方ない。何か面倒ごとを持ってきたらしいので『説明を聞きますよ』と待っていると、書類の束が差し出された。

「……これは?」

受け取って数枚をめくる。

「田駕《たが》州の、今月の収支詳細報告書だ」

「見ればわかります」

「……どう思う?」

端整な顔立ちの男の双眸《そうぼう》が、近い距離から紗耶を覗《のぞ》き込む。

身近な存在として慣れたものだが、皇帝陛下ともあろう立場の人間が部下である戸部侍郎程度を相手に、こうやって肩を並べるのは如何《いかが》なものだろうか、とは常々疑問だ。

そんな男からの回りくどい言い方に一瞬考え込んだ紗耶は、冷めた目で書類を繰りながら口を開いた。

「……公共事業の仕掛品が一切記載されていませんね。記載漏れでしょうか。あとパッと見ただけで、この外注費の数字が、ココとココで合っていません。全体的に体裁が雑で読む気をなくしますし、表記揺れが多すぎる。そして最大の問題点は、字が汚い。読ませる気あるんですか?」

「……お、俺が書いたんじゃないからな! 筆跡でわかるだろ……じゃなくてだな――」

ちょっとした意趣返しに、報告書としての酷評だけを伝えてやれば戸惑ったように焦る陛下。

その反応に少しクスリと笑ってしまった紗耶は、改めて、その意図を汲《く》んで答える。

「わかってますよ。税収の分布について、ですよね。……昨年度と比べると、農家からの減収が大きいです。その補塡《ほてん》費が地方政府の調整費から出されていて、そして州への警備兵要請費の増額、土木工事に関する新規発注……。このことから考えるに、農作物に関する問題が起きたと考えて良いでしょうね」

「そうだ。……わかってるなら素直に言え」

「最近こういう書類とよく戦っているので」

「……悪筆の文官には、書き取りを奨励する通達を出そう……」

表情を変えずにずばずばと言う紗耶に、複雑そうな顔で頷く陛下。

奥で笑いをこらえる戸部尚書の姿が見えたが……男の機嫌を損ねないように黙っておこう。

「……で。問題は何なんですか?」

もう必要無くなった資料を返す。

大事な数字は、全て覚えた。

その速読と記憶力に感心したような声を漏らした陛下は、一拍置いてから紗耶を見つめた。

「魔獣による、農作物への獣害が多発しているそうだ」

「……獣害……」

「主に狙《ねら》われたのは、砂糖黍畑《さとうきび》とその周囲の製糖施設。このひと月あまりに三回も襲われたらしい」

冷淡な表情の皇帝陛下は、完全に主君としての思考に切り替わっている。男らしく涼やかな眼差《まなざ》しで、資料の一箇所を指し示しながら続ける。

「被害額としては相当なものだ。……この数字を見る限り」

「でしょうね……収穫時期じゃないということはありますが、これだと月に出荷する分の殆どがダメになったんじゃないですか？」

「あぁ。主に倉庫に置いていた在庫が荒らされたらしい。市場に流通させる為《ため》に保管していた砂糖だ」

憂い顔の陛下の横顔を見ながら、その場の状況を考える。

（製糖施設ねぇ……）

この世界での砂糖は高価だ。

生活に必要な塩、大豆の発酵調味料などに比べて、優先度が低い嗜好《しこう》品。その分、求めるのはお金に余裕のある者達が中心で、砂糖をふんだんに使った甘味類は更に高価だ。

田駕州は、そんな砂糖の産地として璃寛皇国内の殆どの生産量を占めている。

ここの在庫に被害が出るということは、つまり国中の砂糖の流通に影響が出るのだ。

「田鴐州としては大きな問題だろう。特にその地方を領地とする貴族達になれば、更に深刻な事態だと思ったのだが……」

「……田鴐州……あぁ、もしかして、それで陸家の招待を受けられたんですか」

不思議に思っていたことの繋《つな》がりが見えた紗耶は、ポンッと手を打って納得した。

それは数日前、陸家がかねてより嘆願していた宴席の場に、この男が珍しく顔を出したのだ。

——陸家は、田鴐州の南部を直轄領とする貴族。

獣害の報告を受けた陛下は、当人達の逼迫《ひっぱく》感や報告書に記載されていない訴えがあれば掬《すく》い上《あ》げようと、タイミングよく呼ばれた酒の席に出向いたという事だったのだ。

が、それは完全にアテが外れたらしい。

「一応、被害状況について、雑談の折に触れてみたのだがな。大したことはないと笑い飛ばされてしまったよ。逆に、砂糖を使った特産品の紹介を聞く羽目になった」

お前も聞いていただろ？　というボヤキに、記憶を思い起こしながら軽い相槌《あいづち》を打つ紗耶。

そうなのだ。「たまには付き合え」と戸部侍郎宛に届いていた招待状にも、この男は勝手に『参加』で返事をしてくれたのである。お陰様で近くに座を貰《もら》った紗耶は、自然と陛下の世話役になってしまい、明け方までの大宴会に付き合わされる羽目になった。

（お酒を注《つ》いだり皿を下げたり、貴方の世話に忙しかったんですけどね……）

特産品紹介タイムが始まったのは気付いていたが、最初にそんな話をしていたとは知らなかった。

「陸家は最近、領地内の特産品を足掛かりに、急激に資金力を上げているらしい。そろそろ中央へと進出するとかで、宴《うたげ》の時も周りに相当へり下った挨拶《あいさつ》をしていたさ。……不思議なのは、その主な財源が砂糖のはずなのに、今回の被害で影響を受けないと見ていることだ。……宴も贅《ぜい》を尽くしたものだったしな」

確かに料理は豪華で美味《おい》しく、飲み物も十分に堪能できた。甘い果実酒もあったし、デザート類も豊富だったのは砂糖産地ならではの歓待だろう。

ただ一点、難をあげるならば、陸家の当主が非常に話好きの中年でひたすら場を盛り上げ続けてくれた事だ。

深夜を過ぎても、まだこれから出し物が……と引き止められると、振り切ってまで退出するのは憚《はばか》られ……。

(あの日は久しぶりに凄《すご》く飲んじゃったなぁ。後宮内だと、秩序を乱さない為に酒量に制限があるし……)

お陰様で酒を抜く為に湯船に浸《つ》かっていたら、爆睡して溺《おぼ》れかけたよ……と思い出に溜息《ためいき》を吐きたい気分になっていると、陛下も似たような表情で大きく息を吐いた。

「まぁ陸家にしても、何のリスク管理もしていないわけが無いだろうし、単発の出来事と見ているのだろう……。ご令嬢が何か話せるから、と懇願されて列席も許可したが全くの無意味だったしな……」

「え……そういう理由で後宮の妃嬪《ひひん》を、夜に呼び出されたんですか」

宴会が始まってしばらくして、陸家の長女であり九嬪《きゅうひん》の位を貰う後宮の妃・陽陵様が入ってこられたのだ。

酒の席に呼びつけるのだから、もしやとうとうお手つきか……と誰もが心底驚いたのも束《つか》の間《ま》。

ご挨拶させて欲しいと当主がアレコレ間を取り持とうとするだけで、この男は一切興味を引かれたそぶりも無く、すぐに下がらせたのだから何か変だとは思っていた。

陽陵様の方も入念に着飾っておられたし、まさかそんな理由だったなんて……。

……傍《はた》迷惑な。

「一体どんな理由があると思ってたんだ？」

話を聞く為に呼び出しただけだぞ、と真顔で言う男に若干の苛立《いらだ》ちを覚える。時間を考えろ、と。

「そりゃ勿論《もちろん》、そろそろ観念してお手つきされるのかな、と思いましたが」

「ぶっ…………！！！」

涼やかな紗耶の返答に、激しく吹き出した陛下。何故か焦ったように眉《まゆ》を顰《ひそ》めているが、よくよく考えれば軽率な行動だったと気付いてくれたのか、苦虫《にがむし》を噛《か》み潰《つぶ》したような顔で口ごもった。

だって結局、後日の後宮内では陽陵様が陛下と明け方まで過ごされた、という正しくも誤解を生む、屈曲した話が広まっているのだ。自業自得とも言える。

「まぁ宜しいんじゃないですか？　あまりに後宮を構われないというのも、周りが煩《うるさ》いでしょうし」

「いや……それもそうなんだが……」

噂《うわさ》は噂のまま放っておいたらいい、という紗耶の言葉に、歯切れの悪い返事をする陛下。

渋面で何かを考えているらしいが、心の中の葛藤《かっとう》はどうぞご勝手に、とあくまでクールな紗耶である。奥で戸部尚書が肩を震わせているのが見えたが、問いただしたところで「もっと陛下にお優しくして差し上げれば如何ですか?」と含み笑いで提案されるだけだ。

黙り込んでしまった男をそのままに、紗耶は机に置かれた資料に目を通し始める。

……田駕州からの報告に何か他の問題が無いか、念のためチェックをしているのだ。

いち官吏として、州の財政が破綻《はたん》したり大きな混乱が起きたりしないように目を光らせるのが仕事なのだから。

当然、陛下もそれを言いたかったのか、気を取り直したようにこちらを向いた。

「武官でもない紗耶に魔獣をどうにかしろなんて無茶は言わん。それは俺が考える。だから砂糖の暴騰によって物価が乱れ、市民の生活に影響が出ないよう、市場の監視を強めておいて欲しい」

その瞳《ひとみ》の真摯《しんし》さに、自然と頷《うなず》いた。

「――承りました」

「……しかし、今のところ、中央にはなんら影響が及んでいない。……砂糖を大量に備蓄していたのか、田駕州が良くやっているのか……」

隣で不思議そうに首を捻《ひね》るのは皇帝陛下だ。

同じく資料をパラパラと捲《めく》っていた紗耶も、最初の襲撃からもうひと月近くが経《た》っていることに気付いて、眉を顰めた。

「この報告書の通りなら、今頃砂糖の市場価格が高騰していてもおかしくありませんね……」

「あぁ。そう思って念のため、城下の調味店や菓子屋を回ってみたんだがな。特に価格変動も無ければ、品薄でもなかった」

なんて事を軽く言って、袖《そで》机に置いてあった紙袋を持ち上げた男。

もしや……と思っていると、中から取り出したのは何個もの甘い香りの焼き菓子だった。

「……また勝手にお忍び視察をされたんですね」

小言を言いたいわけじゃないが、部下としては言わざるを得ないだろう。遠慮なく冷たい視線を投げたが、相手はおおらかに笑って、勝手に紗耶の机の上に焼き菓子を並べ始めた。

どれもこれも、綺麗《きれい》な形に作られた美味しそうなものばかりだ。『城下の菓子屋』としか言わなかったが、砂糖を扱う菓子店は一般的に高級店の部類に入る。その中でもけっこうな人気店を選んで買ってきているあたり、本当に城下のトレンドに精通している気がする。

（……これは日常的に脱走してるな……）

毎日後宮を脱走している自分を全力で棚上げして、呆《あき》れた表情をする紗耶。

「まぁ固いことを言うな。ちょっと買い物に行っただけだ。……食べるだろ？」

「頂きます……けど、菓子屋の普段の価格を把握しておられるぐらい通ってらっしゃるんですか？」

そんなに甘いものお好きでしたっけ？　と小首を傾《かし》げて問えば、

「いや、まぁ、たまに気が向いたらな……」

「へぇー、よく頂き物が食べきれないと持って来られていたので、苦手なのかと思ってました。では、お茶、淹《い》れてきますね」

「苦手ではあるのだが……とりあえず茶を頼む……」

「…………？　はい、ちょっとお待ちくださいね」

何故か歯切れの悪い陛下を置いて席を立つ。

別に菓子屋を散策しようが書店を覗《のぞ》こうが武器屋で試し切りをしようが、好きにすればいいのだ。

(あ、もしかしてお菓子が好きだと思われるのは恥ずかしいのかな……？)

男の人って何歳になっても子供っぽいプライドがあるからなぁーなんて思いながら、戸部の扉を開く。

お茶ぐらい、頼めば部下の誰かが淹れてくれるだろうが、皆、自分の仕事に集中している。こんな事で手を煩わせるのは好きじゃない。

背筋を伸ばして颯爽《さっそう》と歩き出した紗耶は、雑談の中で緩んでいた口元を引き締め給湯室へと向かった……。

＊＊＊

その頃《ころ》、戸部に残った暁雅は、隣から聞こえる押し殺した笑い声をどうするか悩んでいた。

「……くっくっくっく……」

「踏青……」

「ひっひっひっ……あーっはっはっはっは……！」

「……笑いすぎだ」

ワザとらしいまでに腹を抱えて笑う戸部尚書に、怒鳴りたい気持ちを抑えて息を吐く暁雅。

笑いすぎて目尻《めじり》に涙を溜《た》めた踏青は、茶色の髪に少し白いものが混じってきているが、彫りの深い甘い顔立ちをしていて昔から宮女に騒がれている色男だ。常に笑顔でいるため、腹の読めない『喰《く》えない戸部尚書』としてその実力を遺憾無く発揮してくれている。

対外的にはただの有能な部下の一人ではあるが、踏青は生まれた時から側《そば》にいた、年の離れた兄のような存在だ。主従の関係はあれど、こういう限られた空間ではこの通り全く気兼ねない。

「ははは……はー……いやー、申し訳ございません。陛下が甘いものがお好きだとは存じ上げず……機会があれば果実の砂糖漬けでも贈らせて頂きますね」

「……頼むからやめてくれ……」

「あははははっ」

遠慮のない言葉の応酬は、普段飾り立てた言葉を聞かされ続ける立場からするととても心地《ここち》よい。皇族であり、『瑞兆《ずいちょう》』と言われる色彩を持って生まれた事で、常に虚構と隣り合わせのような生活をしているのだ。時にはこうやって、踏青や紗耶とくだらなくも対等な雑談を楽しむぐらいの息抜きは許してほしい。

もちろん、あまりおおっぴらに聞こえる声で続けるべき会話でないことは理解している。

当然のように踏青が部下たちに指示を出した。

「お前たち、この書類を分担して各省と折衝してきておくれ。私の名代として、妥協の無いように」

簡潔すぎる説明でも全《すべ》てを把握したらしい戸部の面々は、素早く立ち上がって書類を受け取ると、きびきびと礼をして出て行く。

最後の一人が丁寧に扉を閉じると、

「……これで紗耶が戻ってきてもゆっくり出来ますね」

あからさまに人払いをした踏青の笑顔に、苦笑を返す。

「お前の名代で折衝して来いだなんて、酷《ひど》い上司もいるものだな」

「おや。それぐらいしないとうちの優秀な官吏たちは、すぐに仕事をこなして帰ってきてしまいますよ？　……せっかく陛下が、紗耶の……彼女の為《ため》に買いに行かれた焼き菓子です。それを毎度貰《もら》い物《もの》だなんて……ほんと健気《けなげ》で言葉もありませんね」

「爆笑していたのはどこのどいつだ！」

「あはははははっ」

二人になった途端容赦なく痛いところを突《つ》いてくる踏青。

ムスッとした表情を隠すこともしない暁雅に対し、

「ふふっ、珍しく気に入りすぎて融通を利かせすぎた挙句に、手を出せなくなってしまったなんて……健気すぎて涙が出ますね」

「……笑いすぎてか？」

「それはもう。珍事ですよね、気まぐれな陛下が五年も変わらずに彼女を気にかけているだなんて」

「……そんなんじゃない……」

深く刻んだ眉間《みけん》の皺《しわ》をどうすることも出来ないまま、苦悩を零《こぼ》す。

「ですが、私は陛下に感謝しておりますよ。とても頼りになる部下を持つことが出来たのですから。……今更、彼女を後宮のいち妃《きさき》として腐らせるなんて勿体《もったい》なさすぎる」

「そうだな。後宮を脱走した挙句、官吏登用試験に挑んだと聞いた時には、なんて無茶苦茶な女だと思ったが……。あれでよく自分の適性を心得ている」

「紗耶の為にあらゆる手を回した陛下も、英断でしたね。しれっと私を後見人に仕立て上げたり、勝手な出自をでっち上げて絶対に本人に確認を取らせないよう周知徹底したり」

「……俺が自由に出来ることなんて、存外少ないからな……」

自嘲《じちょう》気味に口の端を持ち上げる暁雅に、踏青が穏やかな笑みを向けた。

「貴方は十分、民のために尽くしておられますよ。私が誇りに思う皇帝陛下です」

「……いや……」

まだ足りない。

せめて、紗耶の尽力に報いる国にしなければ、自分が許せない。

彼女を後宮に縛り付けたのは、自分なのだから。

——絶対に、いつか他の女性を皇后として迎えなければならないというのに。

〈市場調査 一〉

その日の午後、紗耶《さや》は尚書省《しょうしょしょう》の大門前にいた。

「──戸部侍郎《こぶじろう》。本当にお一人で大丈夫ですか？」

心配そうに見つめるのは、馬寮《めりょう》の武官の一人だ。

警備用の槍《やり》を片手に、紗耶が頼んだ馬車の最終確認をしてくれている。

「はい、問題ありません。少し城下の問屋へ話を聞きに行くだけですから」

「しかしそんなご軽装では、何かあった時に……」

「いいえ、官吏の姿で話を聞きに行けば、周りに変な噂《うわさ》が立つかもしれません。店に迷惑が掛かるといけませんから……」

涼しい顔で返答する紗耶は、淡い色合いの衣に外套《がいとう》を羽織った、平均的な庶民男性の装いをしていた。

勿論《もちろん》、黒髪は布で隠し、緩やかに編んだ一房の金髪だけを片方の胸に垂らしている。

「はぁー……民衆の生活を考えてらっしゃるのですね。さすが戸部侍郎です」

「官吏ならば誰《だれ》もがそうですよ。……で、もう乗っても良いのですか？」

目の前には立派な馬車が一台。御者が乗り込んでいて、もう出発を待つばかりになっていた。

すぐに、馬具の調整をしていたもう一人の武官が寄ってきて敬礼する。

「はいっ、お待たせいたしました！　……おい御者、くれぐれも安全運転でな！」

「勿論でございやす」

御者に言い含めながら、先導するように扉を開いて待ってくれている武官。

紗耶は、そんな武官に小さく頭を下げてから馬車へと乗り込んだ。

座席に深く腰を掛ける。

厚いクッションの上に、革がピンと張られているおかげで、とても座り心地が良い。内装も細かな装飾がされていて、一般的な馬車と比べ、だいぶ上等だ。

陛下から聞いた話について、報告書を見るだけよりは実際に出向いて確かめたいと思ったのだ……が、時間が無いからと、部下に馬車の手配を頼んでおいたら仰々しくなりすぎてしまったらしい。

（……歩いて行けば良かったかな……いや、でもさすがに夕暮れを過ぎるのは危ないし……）

せっかく目立たない服に着替えたというのに、こんな馬車で乗り付けたら本末転倒だ……なんて考えていると、再び会話が聞こえてきた。

「御者、帰りまで必ず待機するんだぞ。半金は戻ってきた時に払うから」

「それは構いやせんが……長くかかるなら、この半金じゃあ足りやせんぜ……」

「なんだと？　城下の大通りまでを往復するということで、ちゃんと台帳に申し送りが――」

台帳を片手にガリガリと頭を掻《か》く武官と、不服そうに顔を顰《しか》める御者。

「あっしは文字なんて読めねぇっす。とにかく、待ち時間があるのならその分も頂きやせんと」

「いや、だから待ち時間は入れてあってだなぁ……確かこの数字がそれだから……」

「えぇえっ、そんな……あれっぽっちじゃあ、街で流しの客待ちをした方が儲《もう》かりやすよ……」

「そんなにか？　……ふぅむ、ちょっと待て」

武官は情けない声をあげた御者を制し、もう一人の武官と共に台帳を繰り始めた。眉間に皺を寄せ、唸《うな》りながら台帳を見つめているが、しかしお互いが相手頼りにしていてお手上げ状態というのが丸見えだった。

というのも、この世界の識字率は非常に低い。

多くの人々は、農業や肉体労働によって生活しているため、文字を読む必要が無いのだ。物を売り買いするための簡単な計算さえ出来れば十分に生きていけるし、辺境の田舎にもなると通貨など役に立たず、物々交換が主流だったりもするぐらいである。

だから、こんな場合に困るのだ。

文官が記入した台帳には書面での契約内容が書いてあっても、御者には読めない。そして武官も、ある程度の数字は読めたところで代金の暗算なんて出来ないのだ。

成り行きを静観していた紗耶は、少し悩んだ末に差し出がましいのを承知で手を上げた。

「――武官。私が見ましょう」

「えっ……いや、まさか、戸部侍郎のお手を煩わせるなんて……」

「依頼したのは私です。パッと見て問題があれば、私が直接修正して足りない半金をすぐに用意させます」

涼やかにそう告げれば、ひたすらに恐縮しきった様子の武官が台帳を差し出した。

その書面には、明細として全く問題ない、きちんとした数字が書かれていた。

「……なるほど。確かにこの額は半金ですね」

呟《つぶや》いた紗耶の言葉に、目を丸くする三人。

説明を求めるような視線を無視して、紗耶は懐から小さな筆とインク壺《つぼ》を取り出した。

「御者の方に渡したのは、往復の半金のみ、です。半日拘束することを見越して、待ち時間には休憩の為《ため》の軽食代を含んで計上する予定ですが、時間が浮動ということで精算は最後、というお約束になっています。……一応、見込みとしての時間を入れて最終的な代金を換算すると……報酬はこのぐらいになるでしょう」

そう言って、サラサラと見積もりを書いて提示する。

一つ一つ説明して読み上げれば、三人は納得したように頷《うなず》いた。

「そうだったんですか……」

「この額なら納得です。御者はどうだ？」

「へぇ！　そんだけ頂けるんでしたら、夜半過ぎになっても問題ありやせんぜ！」

一気に商売人の顔になる御者に、武官たちも笑う。

紗耶はその様子を見て筆をしまうと、台帳を武官に返しながら、

「ではこの見積もりで、半金の差額を用意させましょう。戻り次第、過不足を精算するということで問題ありませんか？」

淡々と御者に問いかけると、すぐに武官たちが詰所まで走ろうかと表情を引き締めた。

しかし、それに焦ったように顔の前で手を振る御者。

「いーえいいえいいえ！　このままで問題ねぇっす。代金のお約束が分かったんで、安心いたしやしたっ」

いやぁ御面倒をお掛けして申し訳ねぇ、と頭を下げた御者は、いそいそと御者台に座り直す。報酬の確約が貰えただけで十分だったのだろう。

それならば、と紗耶に向かってしっかりと敬礼をした武官たちが、一歩引いて道をあける。

紗耶も座り直し、反発の良い背凭《せもた》れに身体《からだ》を預けた。

「では出発します」

そう言って、馬の手綱《たづな》を引いた御者。

馬の歩みに引かれて、馬車がゆっくりと動き出した。

ここから目的の大通りまでは少しかかる。

紗耶は心地よい振動に息を吐き、束の間《つかのま》の休息に瞳《ひとみ》を閉じた……。

＊＊＊

「さすがは『氷華』と名高い戸部侍郎だったな……」

遠く走り行く馬車を見送った馬寮の武官は、同僚に向かってポツリと零《こぼ》した。

「お綺麗《きれい》な飾り人形なのかと思ってたが……サラサラと問題も解決してくださってお人柄も良い」

「正三品なんて雲の上のお方が、俺らみたいなんを助けてくださるんだからなぁ……」

「そりゃ目立つわ。宮女どもがきゃーきゃー言うわ」

ボヤくような同僚の言葉に、ぶっと吹き出す。

確かに、あの整った涼しい表情とすっきりとした佇《たたず》まいは女性ウケするだろう。背筋の伸びた凛《りん》とした雰囲気は独特の近寄りがたさと共に、人々の視線を奪っていく。

「……ま、ご本人はあんな格好をするだけで庶民に紛れられると思ってらっしゃるようだけど……」

「無理無理。佇まいが違《ちげ》ぇよ」

「…………だな」

最後にもう一度、馬車の土煙が残る道の先を見つめた男は、そして仕事に戻るべく踵《きびす》を返したのだった……。

＊＊＊

大通りに着いた紗耶は、少し遠くに馬車を停《と》めてもらい目的地までを歩いていた。

（この辺は本当に賑《にぎ》やかだなぁー）

軒を連ねる商店は様々で、呼び込む声も活気がある。

歩いているだけで楽しいから、本当はもっと時間のある時にゆっくり来たかったが仕方ない。

目的の場所は、まずは道順に。この辺りの人間なら誰《だれ》もが知っている、すぐ目の前の人気菓子店からだ。

その店は、少しだけ人波の途絶えた場所に店を構えていた。

呼び込みの店員はおらず、静かな空気感のある店構えは入店する人を選んでいるかのようだったが、おしゃれな簾《すだれ》をくぐった先には、美しい菓子が並べられた陳列棚が置かれている。

「いらっしゃいませ」

無人だった店内には、紗耶に気付いた店員が、丁寧な挨拶《あいさつ》と共に近づいて来た。やはり高級店というだけあって、店内や接客も、貴族などの富裕層をターゲットにしているのがわかる。

紗耶は小さく会釈をしてから、陳列棚の中の値札を眺めた。

どれもこれも庶民が気軽に買い食いできるような値段ではない。が、確かに陛下の言っていた通り、普段の相場から大きな変動はなさそうだった。

「お客様、お決まりでしたらお伺い致しますが……？」

一通りを眺めたところで、店員が声を掛けて来た。

冷やかしの庶民なら帰ってくれ、と顔に書いてあるのがわかる。

実際、値段を見て尻込《しりご》みする人もいるだろうから、こうやって店員が促さないとダラダラと居座られて面倒なのだろう。値段だけ確認できれば良かった紗耶としてはすでに目的は達しているが、このまま何も買わずに退店するのは気が引ける。

「……では、それを」

少しの間考えた紗耶は、一つだけ購入することにした。

「有難うございます」

途端に愛想の良くなった店員が、うやうやしく菓子を包装紙にくるんだ。そして丁寧に腰を落として紗耶に渡す。

「どうぞ。お口に合いましたら、ぜひ今後ともご贔屓《ひいき》に」

商品を貰《もら》いつつ、代金を手渡す。

そういえば、こうやって自分で買い物をするなんて本当に久しぶりだ。

戸部で仕事をしていても、何かを買う機会なんてないし、後宮だって物を揃《そろ》えるのは宮女や宦官《かんがん》の仕事だ。手渡しで貰う戸部のお給金は、殆《ほとん》ど手を付けることなく行李《こうり》にしまうだけだから、たまには贅沢《ぜいたく》をしても良いだろう。

とはいえ、一応は仕事なのだ。

ついでにちょっと話を聞いておくか、と、包装紙を片手に店員に向き直る。

「あの、すみません。こちらのお店、砂糖の仕入れはこの辺りで？」

「……は？　……いえ……」

「それとも田鴛《たが》州の？」

「え……えーと……」

明らかに戸惑った表情になった店員が、徐々に不審げな顔に変わっていく。

誰だよ同業者か何かか……？　と身構えた雰囲気に慌てて身元を伝えようとした時──、

「──すぐそこの調味料店だよ」

「あっ、店主！」

奥の扉が開いて、一人の壮年の男性が入って来た。

驚いた店員を遮るように、紗耶の前に立った店主と呼ばれた男性。といっても、店主兼職人なのか、腕まくりをした衣服の上には少し褪《あ》せた色の前掛けを付けていた。

「この街の砂糖の仕入先は、そこしかねぇからな」

値踏みするような鋭い視線を真正面から受け止めた紗耶は、小さく微笑《ほほえ》んでから会釈した。

「不躾《ぶしつけ》な質問にご回答、有難うございます。貴方《あなた》が店主ですか？」

「そうだ。……聞きたい事はそれだけか？」

ぶっきらぼうな口調が職人らしい、と思いながら、あくまでにこやかに話しかける。

「とても綺麗な菓子をお作りですね。見ているだけで楽しいです」

「世辞でもありがとうよ。……で？　調理法以外なら答えてやるが」

その言葉に、店員の方が焦ったように表情を変えたが、それを気にすることなく顎《あご》をしゃくる店主。

ぞんざい過ぎる態度に苦笑した紗耶は、申し訳なさそうに頭を下げた。

「いいえ、聞きたかったのはそれだけです。すみません、お騒がせしまして」

「……そうか。……帰るなら、これも持って行きな」

「えっ、店主⁉」

驚く店員を無視して何かを包装紙に包んだ店主は、それを紗耶に持たせた。

「宣伝用だ。気に入ったなら、また来てくれ」

「いいんですか……？」

「売り物じゃねぇ。俺が好きに配ってんだ」

「なら有難く頂きます。……わ、焼き菓子ですね、美味《おい》しそう……」

袋の口を軽く開ければ、甘い香りが漂ってきた。中には一口サイズの丸いシンプルな焼き菓子に、おしゃれな店の焼印。

（あ。これ、陛下に今朝《けさ》貰ったやつと一緒だ……）

さり気ない偶然を面白く感じながら袋を戻す。とても好みの焼き菓子だったのだ。もう一度ゆっくり食べたいと思っていたからこれには感謝しかない。

用は済んだとばかりに奥の扉へ向かう店主を横目に、紗耶も踵を返した。

一応は仕事のつもりだったが、普通に買い物を楽しんでしまった。

口元がニヤけそうになるのを我慢して籐を持ち上げてくれる店員に礼を言う。

そのまま退店しようとした時、

「——あー……砂糖の仕入れについて補足するが……ここいらじゃ、あそこの調味料店が仕入れを一手に引き受けている。他で砂糖を仕入れてるなんて話は、聞いたことがねぇ」

「…………？」

店主の言葉に足を止めた。

「独占的に販売してるとはいえ、法外な値段の釣り上げもしてこねぇ良心的な店だ。最近はどこぞの貴族の大量購入で、砂糖を運搬する人夫が足りねぇぐらい盛況してるらしい。……聞いた話だ」

「……有難うございます」

まるで独り言のように呟いたっきり、すぐに奥の扉の向こうへと消えた店主。

紗耶は小さく微笑んで礼を言うと、今度こそ大通りに出た。

（大量購入……そんなの相当な額でしょうに……。ま、とりあえず次はそこの調味料の専門店ね……）

静かな店内から一転、活気あふれる雑踏を再び歩き出した。

＊＊＊

「ありがとうございましたー」

客を送り出し簾を戻した店員は、不思議そうな顔で店主のいる奥の扉を開けた。

「店主。知っている方だったんですか？」

「まさか。パッと見の外見でしか判断出来ねぇ奴《やつ》は、客商売として三流以下だぜ。……あの指先を見たか？」

「え。……いや、見てねぇっす……」

「あかぎれもねぇ綺麗なおててだったぜ。髪も傷んじゃいるが、それでも俺ら庶民と比べりゃ十分丁寧に手入れされた長髪だ。そんで、人の目を真正面から見て話す姿勢……簡素な服装だったが、ありゃどう考えてもそこら辺の小金を持った庶民じゃねぇ」

そう話す店主に、懐疑的な目線の店員。

「そうっすか……？　確かに綺麗なツラしてましたけど……髪なんて俺らと同じくらい白っぽい金でしたよ？」

「瞳は真っ黒だった」

「あー……でも目の色が濃い奴は、時々庶民にもいますし……」

「そんなのせいぜい焦げ茶ぐらいだろ。とにかく、あぁいう方も時々来られるんだ。簡単に態度を崩すな」

お貴族様が従者もつけずに一人で買い物ねぇ……と首を傾《かし》げる店員。

「そういえば昨日《きのう》は、あの新作を売ってましたよね。今日から宣伝用にされたんすか？」

「……あれは、昨日売った奴の注文で作った焼き菓子だ。今ので最後。……次はさっきの菓子を指定でご注文されるさ」

頭の上に疑問符を浮かべる店員を置いて、一人満足気な店主は、再び新作の菓子作りに没頭すべく厨房《ちゅうぼう》へと戻ったのだった。

＊＊＊

そして菓子屋の店主から聞いた調味料店の前。

「へいっ、いらっしゃい！　色んな香辛料があるよー！」

恰幅《かっぷく》の良い店主の、威勢のいい呼び声が大通りに響き渡る。

声につられた数人が足を止め、色とりどりの様々な商品に視線を投げた。

紗耶も、そんな周囲に交じるように、店内を覗《のぞ》き見《み》る。

店の前に雑多に積まれた、塩や味噌《みそ》に類する調味料たち。その奥の棚一面には香辛料類が並べられ、中でも高価なものは全《すべ》て丁寧に瓶詰めで保管されていた。

（……砂糖は……特に価格変動なし、と）

高価な香辛料類に並んで、瓶に入った少し茶色がかった白い塊。貼られた値札は、普段紗耶が値動きを監視している数字と殆ど変わりなかった。

「お兄さんはお砂糖かい⁉　お目が高いねぇ、田駕州から仕入れた高品質な砂糖だよ！」

そう言って瓶を振る店主。

ついでとばかりに他の客にも見せて回る商売魂に小さく笑う。

あぁやって客引きをするぐらいだ。在庫も問題ないのだろう。

市場価格も、在庫も異常なし……となると、紗耶の今日の目的は全て達した事にはなってしまうが、

(この店主は、仕入先から何か話を聞いていないだろうか……)

田駕州の商人と取引をしているなら、現場の話を知っているかもしれない。

せっかくここまで来たのだから、どうせなら少し話を聞いてみたい。

人が途切れるのを見計らい、それとなく店主に近づいた。

「へいっ、お兄さん。何か気になるものはありましたか?」

人好きのする笑みで声を掛けてくれる店主。

紗耶は、瓶の中に入った肉桂《にっけい》の樹皮を指差した。

「これ一本、粉末に出来ますか?」

「お安い御用です! いやぁ、肉桂をお求めになるなんて、良いご趣味ですね。余程のご身分の方なのでしょうか」

にこにこと話しながら肉桂の樹皮……つまり紗耶がよく知るシナモンスティックを取り出した店主は、薬の調合にでも使いそうな陶器のすり鉢に入れて削り出した。

ゴリゴリと音を立てる手元を物珍しく眺めながら、振られた世間話に乗っかる。

「いえいえ、さっきちょうど菓子屋に寄りましてね。ならば紅茶に肉桂の香りでも、と」

「素敵なお茶の時間になりましょうね。それでしたらお砂糖も如何《いかが》ですか？　紅茶に少し甘みをつけますと更に美味しゅうございますよ？」

砂糖が入った瓶を紗耶に手渡してから、再び肉桂の樹皮を削っていく店主。

紗耶は瓶を軽く振り、中の薄茶色の塊を見つめながら話を誘導していく。

「そうですね、そう思って見ていたのですけれど菓子が甘いものですから……。そういえば最近は特に、砂糖の需要が高まっているらしいですね」

「おぉ、そうなのでございます、よくご存知《ぞんじ》で。菓子屋以外にも個人のお客様もよくご所望なさってくださいまして……。仕入れた分だけ出て行くので、私共としては有難い限りです」

「そんなに人気なら、沢山仕入れておかないとすぐに品薄になってしまうのでは？」

「あはは、そうなんでございますよ。ですので週に一度は田駕州から仕入れております。向こうも人気ならばと、多めに持ってきてくださいますので、品不足にはなりそうもございません」

はっはっは、と楽し気に笑う店主の言葉には、いささかも砂糖産地における獣害の影響はなさそうだった。逆に、多めに売りにくるというぐらいなのだから潤沢に在庫が有るのだと推測できる。

（あれ……？　本当に、市場に影響しない程度の被害だったんだろうか……。でも、あれだけの額の補填《ほてん》……）

実際に被害が少なかったのならば、多額すぎる財源の投入は問題だ。横領を視野に含めた状況の洗い直しをしないといけなくなる。

（……面倒な……）

やはりあの男が相談してきた懸案だけある……と溜息《ためいき》を吐《つ》きたい気分の紗耶に気付かないまま、店主が続けた。

「本当なら週に二度は届けに来て欲しいんですがねぇ。獣害対策が大変らしくて、なかなか難しいらしいんですよね」

「……獣害、ですか……？」

（きた……！）

食い付き具合を悟られぬよう、言葉少なく、店主の喋《しゃべ》りたいままに任せる。

「魔獣も砂糖を好むんでしょうかね？　それはそれは酷《ひど》い有様だと嘆いておりましたよ。……大群で押し寄せて来た魔獣どもが、農地を食い荒らし、農具を破壊し……何とか追い払おうとした農民たちも咬《か》み殺《ころ》されたとか。襲撃が引いた後には、あちこちに血や肉片が散乱していたというのですから……恐ろしいことですね」

「それは……大変ですね……」

「本当に。しかももう三度も襲撃されたと聞いた日には、店にある砂糖の在庫を確認してしまいましたよ。まぁ、この通り潤沢に御座いますので是非とも気が向かれましたら……」

話のついでにも勧めてくる店主を笑ってかわす。

しかし、その話の通りなら、確かに獣害は深刻なものだったのだ。荒らされるだけじゃなく人的被害まで出ているのだから、州兵を増やして対策するのは当然だ。

（けど……魔獣が砂糖を好むなんて話、聞いたことない……）

同じ魔獣である一縷《いちる》に、甘いものをあげようとしたことはあるが、興味なさそうに顔を背けられただけだった。

魔獣にも個性はあるだろうから、甘味を好む種族がいたっておかしくはないが……。

「……本当に砂糖が狙《ねら》われたんですかね……」

殆《ほとん》どの魔獣は肉食であり、縄張りを侵す人間を捕食することがある。砂糖よりも、そこにいた農民たちを狙ったと考える方が自然だ。

しかし、

「そこにいた者には目もくれずに、砂糖の保管庫を荒らしたようですよ。その間に逃げれば良かったのにねぇ、追い払おうとするから……」

「そんなに沢山の方が犠牲になられたんですか？」

「まぁ数人とは聞いていますがね……。あぁ、でも毎回一匹は魔獣を狩れてるみたいですから、農家の人間も凄《すご》いですよねぇ」

農作業で鍛えられているんでしょうね、と笑う店主に、驚愕《きょうがく》のまま言葉を詰まらせる紗耶。

「え……っ、毎回、魔獣を一匹、狩っている……!?」

「はい、そのようですよ。相打ちみたいな形なのが残念ではありますが、ご遺体と一緒に魔獣の死《し》骸《がい》もあったようでね……はい、お待たせ致しました」

と、そこまで話したところで肉桂が完全に粉末状になったらしい。

小さな紙袋にサラサラと移し替え、簡単に封をしたものが手渡された。

「あ、ありがとうございます。……代金を」

「……はい、ちょうど頂きました。どうぞ今後ともご贔屓《ひいき》に！」

笑顔で送り出してくれる店主。

本当はもう少し話を聞きたかったが、次の客が声を掛けたこともあり、礼を言って調味料店を後にした。

（武装した兵士でもない農民達が、魔獣を狩った……？）

獰猛《どうもう》で狡猾《こうかつ》な魔獣は、入念に武装して鍛え上げた兵士であっても簡単に咬み殺す程に凶暴だ。そんな魔獣を、毎回一匹狩るだなんて、相当に凄い。

犠牲になった人もいたようだが、しかし、それでも魔獣を一匹狩れているならば被害は少ないと言っていい。

是非ともどうやって狩ったのか聞き出して、兵士たちの訓練に生かしたいと思うのは官吏の性《さが》だ。

（あとは、毎週潤沢な量の砂糖を売りに来てくれる、田鴬州の商人、か……）

今後も安定した量を持って来られるのか、非常に気になるところだ。

状況次第では話を聞いてみたいものだが……、

（ぁ……シナモンのいい香り………）

甘い独特の香りが漂ってきて、少し気分が上がる。

値は張ったが、時々の買い物ぐらい奮発してもいいだろう。

そんなことを思いながら、待たせている馬車へと足を向ける。日の傾き具合から考えても、十分に時間は経《た》っているから、御者も文句は言うまい。

（このお菓子、陛下にも分けてあげよーっと）

紗耶は、跳ねそうになる足取りを抑え、あくまでも颯爽《さっそう》と、大通りを歩いていったのだった……。

〈後宮への帰宅〉

こそり。こそり。

夜の後宮の中庭を、人目を忍んで歩く人影がひとつ……。

簡素な衣に、頭から布を被《かぶ》った姿で足早に先を急ぐのは、職務を終えて自室へと戻る紗耶《さや》だった。

隠しておいた衣で官服を隠し、官帽を脱いで、普段の地味な妃《きさき》の姿に戻っている。

街灯のない周囲は月明かりだけが頼りの夜道。紗耶にとっては毎日通う慣れた道とはいえ、仕事終わりの帰路としては物悲しい。

（今日は城下にも出たし、ゆっくりお風呂《ふろ》に浸《つ》かってから寝たいなぁ）

朝には苔《こけ》の生えた水をかけられたし……。なんてことを振り返りながら歩く中庭には、点在する宮の灯《あか》りが漏れて見える。

基本的に後宮の主人が寝静まった後も、宮女たちは誰かが起きて火の番をしているから真っ暗になることはないのだが、ある一つの宮だけは、その灯りがいっそう煌々《こうこう》としていた。

（へぇ……珍しい人が夜中まで起きてる……）

日没の関係で、けっこう早寝早起きの人が多い後宮で、夜半過ぎまで起きている人は珍しい。しかもあれは、蘭月《らんげつ》様と同じく四夫人が一人、垂氷《たるひ》様の宮だ。位は高いが控えめで大人しく、見た目と同じく品行方正なお嬢様、という印象の人。普段はこんな時間まで遊ぶようなお方じゃないから、余計に目立つ。

紗耶は、漏れ出る灯りで見つかったら面倒だ、となるべくその宮からは距離を取って歩くことにした。

が、しかし、

——キャハハハハッ……フフフ……。

けっこう離れているにもかかわらず、楽しそうな笑い声が聞こえてきたのだ。よく見ると、窓越しに動く人影も見えている。

(え……宴会……?)

そんな筈《はず》ないと思っていても、そうとしか思えないような騒ぎだ。どう考えても、後宮の妃が深酒をしただけの状況ではない。

近くの宮の妃や女官たちから苦情が入ってもおかしくない程、甲高い笑い声は中庭に響き渡っていた。

(……まぁ……たまにはこういう日もある……のかな……?)

とでも思っておくしかない。

ただ、後宮は皇帝陛下のもの。当の本人は見向きもしていないが、いずれ夜を過ごすかもしれない場所なのだ。中に住まう人間は、節度を保つ義務がある。

例えばここの後宮には酒についての制限があり、前後不覚になるほどの量は飲めないように制度化されている。

にもかかわらず夜中にこれだけ騒がしい宴会を開くのは、妃としての資質を問われかねない事案……。

（大ごとにならなきゃいいけど……）

脱走などという重罪を重ね続ける自分のことは棚に上げて、人の心配をする紗耶。

位が低いというのに、何故か与えられた後宮の隅の小さな宮に辿《たど》り着《つ》くと、ようやくホッと一息ついたのだった。


翌朝。

「紗耶様！　おはようございます、朝でございますよ」

白み始めた空と共に紗耶を起こしに来たのは、この小さな宮にいる唯一の専属宮女・李琳《りりん》だった。

とても小柄な愛らしい少女は、そのパワフルさで寝ぼけ眼《まなこ》の紗耶を叩《たた》き起《お》こしてくれる。

「ふぁーあ……もう朝かー……」

昨夜、寝ずに待っていてくれた李琳が手早くお湯を沸かしてくれて、宮にある小さな風呂で汗を流してすぐに寝た。本来なら後宮が誇る豪華絢爛《けんらん》な大浴場もあるのだが、隠したいものがある紗耶は当然使えない。李琳には、『本来ならこんな狭い浴室をお使いにならなくても良い方なのに……』と暗唱できるぐらいに嘆かれているが、そこは色々と事情を知る共犯者として我慢してくれているらしい。

「おはよう、李琳」

「おはようございます、紗耶様。昨日《きのう》も遅かったですけれど、今日も行かれるのですか？」

「うん、勿論《もちろん》。ちょっと忙しくてさー」

「もうっ、毎日それじゃあありませんか！　たまには一日、後宮でごゆっくりされてくださいよー、倒れちゃいますよ？　髪もこんなにお痛みになって……」

いやぁブリーチした時は、こんなに放置することになるなんて思わなかったからさぁー……なんて心の中だけで弁解しつつ、李琳にされるがまま寝衣から官服に着替え、上から女物の衣を羽織って帯で留める。

それから髪の毛だ。

長く伸びた髪は腰に近いあたりまで黒々しく、そこから毛先にかけては白に近い金髪になっていた。

（もう心底切ってしまいたい……）

毎日手入れしてくれる李琳は本当に大変そうだし、頭も重い。これから必死で編み込んでいかなきゃならないのだから重労働にも程がある。いっそ短髪にして官帽から出る金髪部分だけをつけ毛にしてやろうか、なんて悪態をついたこともあったが、李琳に泣きながら「絶対に切らないでください」と懇願されてしまったのでそれはナシだ。

「ほんと、いつ見ても黒々と美しい御髪《おぐし》です……」

金髪部分なんて視界に入れずに、うっとりと櫛《くし》を通していく李琳。

「こんな美しい『瑞兆《ずいちょう》』の証《あかし》を隠さないといけないなんて……陛下は全く何を考えておられるのやら……」

「いえいえ、陛下の御下《みもと》で無用な混乱を避ける為《ため》に私がお願いしたのよ。これも大事な使命だから、うん」

……という設定。

この宮を割り当てられ、最初に顔を合わせた時から、なぜか李琳は紗耶に傾倒してくれて（？）いて。少し経って地毛の黒髪が見え始めれば、これは『瑞兆』の証なのだとそれはもう神のごとく拝まれる始末。そこで初めて、『瑞兆神話』なるこの世界独特の信仰を知った紗耶は、絶対にこの髪の秘密を貫き通すと決めたのだ。

（だって厄介なことになるに決まってるじゃない！　ただの地毛なのに！）

非常に心苦しい思いはあったのだが、自分の安寧たる生活の為には絶対、李琳には共犯者になってもらうしかなかったのだ。

……とはいえ、そんな意図なんてまるで関係なく、この非常に天然な金髪碧眼《へきがん》のおかっぱ少女は、紗耶が尚書省《しょうしょしょう》で働くことになったから毎日脱走する、と伝えれば、勝手に『陛下から密命を帯びて仕事をすることになったんですね！』と話を飛躍して解釈してくれたのだ。それはもうキラキラ輝く瞳《ひとみ》で『多くは仰《おっしゃ》らなくても大丈夫です、李琳は全部わかってます！』と、何やら聞きたいような聞きたくないような想像が繰り広げられたようで……。

李琳のパワフルさに押されて口が挟めなかったのはあるが、でもそのおかげで紗耶は毎日、後方支援を受けながら後宮を抜け出すことに成功しているというわけだ。

「紗耶様に想《おも》って頂ける民たちは本当に幸せですね。陛下も、紗耶様が公私ともにお側《そば》におられてお心強いでしょう。李琳も紗耶様のお付きになれて本当に幸運ですー」

「う……うん、いや……うん、有難うね。李琳にはいつも、ほんと感謝してます……」

「滅相もないです！　まだまだどんどんお世話させて頂きたいので、ぜひお休みの日はもっと凝った髪型に結わせてくださいね」

「勿論、それは全然いいけど……」

「わかっております、抜け毛一本たりとも逃さず、この秘密を守らせていただきます！」

どんとこい！　と自信たっぷりに胸を叩く小さい少女の尊敬の眼差《まなざ》しに、若干の居た堪《たま》れなさを感じつつ、今日もしっかりと官吏の職を全うしようと決意する紗耶だった……。

そんなこんなで、毎日恒例の他愛ない雑談を交わしているうちに、手慣れた李琳によってさっさと編み込まれた髪は、いつも通り一本の緩い三編みの、金髪部分だけを胸元に垂らすように固定して出来上がった。あとは黒髪部分を布で隠すだけだ。

出来ましたよ、と李琳が髪結いの道具を片付け始めると、それを察したように、突如ふわりと音もなく大型の獣が紗耶の隣に降り立った。

「あ、一縷《いちる》。おはよー」

「おはようございます、一縷様」

「……グルゥ……」

軽く手で髪の具合を確認しながら紗耶が笑顔を向ければ、一縷はその白いふわふわの毛並みを擦り付けてくる。最初は怖がっていた李琳ももう慣れたもので、大きな犬として自然に関わってくれているから嬉《うれ》しい。

一応紗耶が飼っていると説明している一縷だが、彼は常に部屋にいるわけではない。室内の高い場所にある出窓から、いつでも自由に出入り出来るから、どちらかというと部屋にいないことの方が多いのだ。

けれど一縷は紗耶の行動を敏感に察して、寝る前や、こうやって起きて身支度をしているとちゃんと挨拶《あいさつ》をしに来てくれる。そして用が済めば、どこかへ行ってしまうのだ。

本当に不思議な存在だ。

でも、この世界で最初からずっと側《そば》にいてくれる、唯一の存在。孤独を感じずに済んでいるのは、彼が寄り添ってくれているのが大きい。

「あぁ～この毛並み！　この手触り！　また夜は一緒に寝ようねぇ一縷ぅー！」

そう言って一縷を抱き締めながら、その温かさに一息つく。誰かの温《ぬく》もりを感じられるのがこんなに安心するなんて、ここに来るまで知らなかった。癒《いや》してくれるように凛々《りり》しい顔を擦り付けてくる一縷を、わしゃわしゃとしてやれば、気持ちよさそうに喉《のど》を鳴らしている。

そんな風に、毎朝の短い触れ合いを楽しんでいると……、コンコンコン……。

「あら、誰《だれ》でしょうか。紗耶様少々お待ち下さいね……はい！」

宮の扉をノックする音が聞こえ、パタパタと李琳が出ていく。

「おはようございます、宮正を拝命しております者です。紗耶様にお聞きしたいことがあるのですが、少し宜《よろ》しいでしょうか？」

「あ……少々お待ちくださいませ」

宮正とは、後宮内の綱紀を正す役割を持った女官だ。そんな人物からの予定外の訪問に李琳が困惑したように紗耶を振り返る。

「いいよ、私が出る」

紗耶は慌てて髪を布で隠してから立ち上がった。と同時に、一縷《いちる》も軽々と出窓に飛び上がり、そのまま外へと出て行く。どれだけ顔馴染《かおなじ》みになった宮女も、一縷と同じ空間にいることは耐えられないらしく、遭遇してしまった時には涙目になるのだから仕方ない。

（こんなに大人しくて理性的で、カッコよくてモフモフなのになぁー……）

しかし人々にとっては、魔獣は人類の手に及ばぬ脅威なのだから、犬とは偽っていても本能的に恐怖を感じてしまうのだろう。李琳は例外として。そして一縷も、そんな人々の反応なんて熟知しているのか、決して場を荒立てないように、遠く離れた場所に下がっていてくれるのである。

紗耶は完全に髪の毛が隠れているのを李琳に確認してもらってから、

「お待たせしました」

そう言って開けた扉の前には、金髪を一つにひっつめた宮正が立っていた。

彼女は、落ち着いた様子で深々と頭を下げる。

「早朝から突然の訪問をお許しくださり、誠に有難うございます。……紗耶様は、昨夜お酒を召されましたでしょうか？」

「……え？　いえ……飲んでませんけど……」

「室内には御座いますか？」

「いいえ。尚食《しょうしょく》の宮女に聞いて頂ければわかると思いますけど、持ってくるようにお願いしたことも無いです」

そう答えながらもなんとなく、昨夜宴会のように騒がしかった垂氷様の宮が思い浮かぶ。

「有難う御座います。わたくしもそのように伺っておりましたので安心いたしました。……実は昨夜、節度を欠いた行為が見つかり問題になっているのです」

あちゃー、やっぱりその件かー……とは思っても顔に出さない。

「そうなんですか……？」

「とある御方様の深酒が過ぎたのですが、あまりにも目を瞠《みは》るような泥酔ぶりで、未《いま》だにお休みになったままです。由々しき事態として内侍省《ないじしょう》から指導が入りました」

宮正が再び頭を下げる。

「ここは後宮。陛下がお気を休めて頂くため、安らかな空間を作ることが我々の務めで御座います。くれぐれも、紗耶様におかれましてもいっそうの綱紀粛正に努めていただきますよう、お願い申し上げます」

そう言って辞した宮正。どうやら注意喚起に回っていたようだ。

「そのようなことがあったのですね……驚きです」

扉を閉め、悩ましげに頬に手を当てる李琳。

「まぁ私が部屋でお酒を飲む事はないし、関係ない話よ」

そう言って安心させるように笑ってやる。そんな時間があるなら溜《た》まってる仕事を片付けるっての。

（まずは田駕州《たが》、田駕州。資料を検《あらた》め直さないといけないのよねー）

立ち代るように別の宮女が持ってきた食事の膳《ぜん》を李琳が受け取ってくれて、すぐに朝食の時間になった。

当然、紗耶の意識はすでに今日の職務だ。


……まさかこの件が尾を引くなんて、思ってもいなかったのだ。


「――で。なんで今日も苔臭《こけ》いんだ？」

「…………何故《なぜ》でしょうね……」

今日も今日とて戸部《こぶ》の執務室。

筆を片手に書類をさばく紗耶の隣に椅子をひっぱってきた陛下が、紗耶の三つ編みを一房掴《つか》んで眉《まゆ》を顰《ひそ》めた。

「帰って湯浴《ゆあ》みしてこい。濡《ぬ》れたままだと風邪を引くぞ」

「ご厚意だけ有難く受け取らせていただきます」

目線は書類から離さないまますっぱりと返事をすれば、若干ムッとしたらしい男。不満そうな雰囲気で、紗耶の髪を無造作にもてあそぶ。

しかしその手は案外優しく、とりあえず引っ張る気配が無いことは分かったので、好きにさせつつ書類をさばくペースを緩めない。

「……明日も苔臭かったら、勅命で湯浴みだな……」

「何言ってるんですか。そんな事に勅命を使うなんて恥ずかしいことはやめてください」

「ならこんな格好で出歩かなければ良いだろう?」

「なんでそんな強気なんですか……」

そんな事に勅命を使っちゃうなんて一番恥ずかしいのは本人だと思うのだが……と思いつつも、明日が無事かどうかなんて、私だって知りたい。

(まさか二日連続で、陽陵《ひりょう》様に水をぶっかけられるなんて……)

何だか微妙な現場に出くわしたらしく、顔色を変えた宮女とすごい形相の陽陵様に睨《にら》まれ、『盗み聞き』呼ばわりされたのだ。挙句、今度は中庭の池の水を、鯉の餌撒《ま》き用の柄杓《ひしゃく》でぶち撒けられる始末。

紗耶の少し後ろを歩いていた小柄な李琳は目に入らなかったのか、すぐに身を翻して去ってくれたのだが、呆気《あっけ》にとられた顔の李琳が鬼の形相になるのは一瞬だった。今度という今度は許せません、と後宮の綱紀を司《つかさど》る宮正に訴えると息巻いてくれていたが、こっちも戸部に出勤するために人目を忍んだ場所を歩いていたのだ。確かにあんな奥まった場所、たまたま遭遇するには作為的すぎる。何をしにそんな場所に来たのか、と問われればこっちも都合が悪い。妃嬪《ひひん》の位にしても、陽様と紗耶では天と地の差があるから、ある程度失礼なことをされたところで、身分の差によるものは受け入れるしかないと言われるだろう。

……という事を何とか納得してもらったのは良いが……。

(だからって、水をかけなくても良いと思うんだよねぇ……なかなか乾かないからほんと寒いし。

……やっぱあの子、怖いわー……)

あんな可愛《かわい》らしい見た目をしているのに、性格はキレッキレだ。

(典型的な、箱入りわがままお嬢様なのかなー。今までの後宮にはいなかったタイプだわ)

生まれた時から後宮入りを目指して、徹底的に教育されてきたような人が多いのだ。あんな風に、簡単に手をあげるような癇癪《かんしゃく》を起こす人は珍しいと思う。……みなさん自分の宮ではどうだか知らないけど……。

そんな子が、今の後宮では『ご寵愛《ちょうあい》争いに王手』をかけている寵妃候補なのだから、頭が痛い。

(それもこれも全部、隣で不機嫌そうに人の髪を弄《いじ》ってる、この男のせいなんですけどね)

……なんて、考えていたことが顔に出ていたのか、冷ややかな眼差《まなざ》しで猛然と書類に数字を書いていく紗耶に、男が負けたように話題を変えた。

「いつもながら、恐ろしい速度で計算していくな……。頭の中には、どんなそろばんを仕込んでるんだ？」

「別に……ただ暗算が得意なだけですよ」

話しながらも、数字を記入する手は止まらない。

だって桁数《けたすう》は多いが、単純な計算ばかりなのだ。子供の頃《ころ》からフラッシュ暗算が得意だった紗耶からすれば大したことではない。

……その手が、ピタリと止まった。

「…………また赤字とか、工部《こうぶ》は舐《な》めてんのか……」

ポツリと呟《つぶや》いた低い声に、室内が静まり返る。

どこからか冷気が……とは、戸部全員の心の声だろう。

「戸部尚書《しょうしょ》、ちょっと工部と一戦交えてきます」

「はい行ってらっしゃい。穏便にねー」

そんな簡単なやりとりで、皇帝陛下を置き去りに執務室を出た紗耶は、どんな嫌味を言ってやろうかと頭を巡らせながら、工部に繋《つな》がる廊下を歩いていた。

（まったく、何のための決裁だと思ってんの……。予算取りした中でやりくりしないなら意味ないでしょ……！）

工部は公共工事を司る部署だ。建築や開墾、水利などの土木事業を主としているから、多くの人手を使う案件が多いとはいえ、計算が適当すぎる。どんぶり勘定で進めるなら、多めの数字で端数処理してくれとあれほど言っているのに、改善される兆しが見えない。

戸部の『氷華』という異名の通り、静かな迫力を漂わせながら、官服の裾《すそ》をさばき颯爽《さっそう》と歩いていく紗耶。

偶然通りかかった人間が、そのあまりの威圧感に気圧《けお》され、そっと道を譲っていくのは日常の光景だった。『そんな戸部侍郎《じろう》がカッコいいのよ……!』とは、側で働く宮女たちの言である。

渡り廊下を渡り、工部の執務室に着いた紗耶は、一呼吸置いて背筋を正してから扉を叩《たた》いた。

「失礼します。戸部の者です」

するとすぐに開かれた扉。

礼をして中へ促す工部の官吏は、もう顔見知りになった男だ。

顔パスで室内に入ると、周囲のさり気ない注目を気にすることなく一直線に再奥の机のひとつの前に立った。

「………?　おや、戸部侍郎」

視界に落ちた影に気付いたのか、席の主は顔を上げると紗耶に向かって緩く笑んだ。

いつもながら、女性ウケする甘い顔立ちだ。着崩しているのに熟《こな》れた官服姿にも一種独特の雰囲気があって、実は紗耶が少し苦手なタイプだったりするのだが、そんな事は一切悟らせずに淡々と礼をする。

「お忙しいところ失礼します、工部侍郎。工部尚書は……」

「今はお席を外されているよ」

「いつ頃お戻りですか？」

「さぁて。今日は中書省《ちゅうしょしょう》の方々と会議があるとかで、朝からお出になっているからねぇ……」

タイミングが悪かったらしい。

今日こそはトップの工部尚書に直接クレームを入れようと思ったのに、侍郎しかいないなんて。

どうしようかな……と内心悩んだのが顔に出ていたらしい。

「今度はどの案件で問題があったんだい？　私が聞いてあげよう」

ニッコリと笑い、気安い空気で手招く男に、怯《ひる》む紗耶。

長く垂らした茶色の髪と、ほとんど黒にしか見えない瞳《ひとみ》を見て分かる通り、工部侍郎は大貴族の家柄だ。気怠《けだる》く書類を眺める姿は世俗離れしたお貴族様にしか見えないのに、これが意外と仕事が出来る。

（まぁ、自分の分だけ……ね）

配下の官吏の仕事までは手を出さない主義だとか何とかで、一切面倒を見ないからタチが悪い。

聞かれたら答えるよ、とは言っているから、上手《うま》く上司を巻き込めない工部の官吏たちにも問題はあるのかもしれないが……。

「いえ、工部侍郎の案件には問題ありませんので……。この決裁の担当者を教えていただけますか？」

「どれどれ……あぁ、彼だね」

そう言って、一人の名前を呼んだ工部侍郎。

すると若い男が席から立ち上がり、不安そうな顔でこちらへと走り寄ってきた。

「……お呼びでしょうか、工部侍郎」

「うん、私じゃなくて、彼からのご指名だ。……君も、戸部の『氷華』と言ったら分かるだろう？」

そう言って紗耶を指した工部侍郎。

紹介された通り名は好きじゃなかったが、何故かその名前で認知されてしまっているらしく、今更仕方ないと諦《あきら》めの境地だ。この男にしても最初は怪訝《けげん》そうな顔をしていたが、すぐに合点がいったように頷《うなず》いた。

「あ、戸部侍郎ですね。はい、存じております……が、あの、何か……」

ありましたか……？　と尋ねる声は消え入りそうに小さい。そんな弱気で中央政府の官吏が務まるのかと口に出しそうになったが、飲み込んで決裁書類と会計報告書を差し出した。

「この件のご担当であっていますか？」

「え……あ、はい、あの……はい、私です……が――」

これが戸部なら返事は簡潔に、と叱りつけているところだ。

仕事においてまだるっこしい会話が嫌いな紗耶は、相手の無意味な言葉を最後まで聞いてあげる気など一切なく、事務的に資料の問題箇所を指差した。

「会計報告に記載の経費が、決裁の通った額より大幅に超過しています。どなたの承認があってのことですか？」

「え……え。そうなんですか……？」

あれ、おかしいな……と呟く男は、挙動不審に書類を見比べている。

「こんなに差異があるのに、よくまぁ何の説明資料もなく、追加決裁も上げず、会計報告書を回してくださいましたね」

「おやおや、これは本当に酷《ひど》い。決裁の意味がまるで無いねぇ」

あからさまな嫌味も意に介さず、まるで他人事《ひとごと》のように覗《のぞ》き込んでくる工部侍郎に若干苛立《いらだ》ちつつ、手拭《てぬぐ》いで額を拭《ふ》く男に問題点を指摘していく。

「この州とこの州では人足の単価に一・一四倍の差があり、この日以前とこの日以降でも違います。会計としての数字は変動していませんが、こっちの資料を見ると動員数が異なることが明記されており――」

自分の抑揚を抑えた話し方は相手に威圧感を与えるらしいが、ここぞとばかりに冷淡な口調を緩めない。

「――これだけの差額を、ここに反映するどころか逆に余剰として計上しています。最終的にはこれだけの額が超過し、記載ミスとしても非常に作為的に見えます。――反論は？」

ところどころその場で計算をしつつ、具体的な数字を教えてやれば、固まったまま押し黙る担当者。と一緒に、工部侍郎も感心したような息を吐いた。

「ほう……それだけの計算をそらんじるなんて、さすがは戸部侍郎。見た目だけで、戸部尚書の寵童だなんだと騒がれたのを、実力で払拭《ふっしょく》しただけあるよねぇ」

「……大貴族の出自ながら官吏登用試験に合格して工部に入られるような方に言われましても……」

「あはははは。僕のはただの暇つぶしだけどねぇ」

「その割には、工部侍郎から回された案件に問題があった事はありませんが？」

貴方《あなた》がちゃんと見ていればすぐに分かった筈《はず》でしょう、という非難の視線を送ったのだが、ふんわりと笑った男はまったく意に介さず、

「自分の仕事を中途半端にするのはどうも気持ち悪くてね。どうせやるなら徹底的に。……というわけで、君。この報告書にはちゃんと納得する説明が欲しいな」

「……あ、あの、す、すみませんでしたっ……えっと、州の担当から出された報告をそのまま転記したつもりだったのですが……」

「転記だけで、こんな見事に隠蔽《いんぺい》したような報告書に仕上がるものかねぇ？」

あくまでも緩い雰囲気のまま、担当者の言葉を待つ工部侍郎。しかしそこには、杜撰《ずさん》な弁明を許す気は無いよ、という明確な意思が伝わってきて安堵《あんど》する。

紗耶の目的としては達した。

承認できない会計報告を、然《しか》るべき人間を巻き込んで却下出来たのだ。あとは工部の中で好きにしてくれ。

書類を全《すべ》て工部侍郎に渡した紗耶は、用件はそれだけですので、と礼をした。最後まで宜しく頼みます、という気持ちを込めて。

そして、そのまま二人を残して立ち去ろうとしたのだが、

「そこまで送ろう。……君は席で、関連資料を全て揃《そろ》えておきたまえ」

何故か一緒に立ち上がった工部侍郎に背中を促された。

「え。あー……有難うございます」

送ると言われても……とは思ったが、好意を無下に断る方が面倒だと思った紗耶は、素直に工部侍郎と共に執務室を後にした。


「ここまでで大丈夫です。お忙しいところお騒がせ致しました」

工部侍郎と共に廊下に出た紗耶は、丁重に礼をして別れを告げた。あとはまっすぐ戸部に帰るだけなのだ。送るも何も無い……というのに、

「おや、ここまででいいのかい？　せっかくだから戸部まで散歩に行ってあげるよ」

「いえ、そんなご迷惑は……」

背中に流した長い茶髪を靡《なび》かせ、にこやかに先を歩く工部侍郎。

……すごい、有難迷惑だ。

連れ立って歩くと目立つから嫌だ、とは流石《さすが》に言えず、掃除用具を持った宮女たちのチラチラ窺《うかが》うような視線に晒《さら》されながら、長身の背中を追う。

一応、男装して身分を偽っている身としては無闇に目立ちたくないのだが……。

「うちの人間が迷惑を掛けたようだからね、詫《わ》びだよ？」

なんて、真意の読めない笑顔の工部侍郎。

（……私の知っている『お詫び』とは定義が違うみたいですねぇ……）

という嫌味はおいておいて、ついでだからもう一言言わせてもらう。

「あの担当者、大丈夫でしょうか。あまり官吏としての適性が無さそうですが」

「彼ねぇ……官吏登用試験の成績は良かったらしいよ？　期待の新人、だったんだけどねぇ」

「であれば貴方がもう少し見て差し上げれば良いのでは。もしかしたら、何か良からぬ事の片棒をかつがされているかもしれませんよ」

「ふふふ、かもしれないね。……でもこれで、問題が明るみに出ただろう？　悪巧みをする奴らも、どこを突《つ》けばいいのかわかると大胆になるからね」

そう言って、普段通りの緩やかな笑みを浮かべた工部侍郎。

（…………あぁ、そういうこと……）

意図の読めた紗耶は、小さく唇を噛《か》んだ。

彼はあえて、付け入りやすそうな新入りをそのままにして、内部の澱《よど》みを浮かび上がらせたのだ。

しかし……、

「……そういうやり方は、好きじゃありません。確かに、監視が容易な割に効果は大きいかと思いますが、彼の為《ため》には……」

「だけどね、付け込まれるような官吏は、中堅になればなるほど大事を巻き起こす。早めに適性が分かって良かったと思わないかい？」

あっさりと切り捨てる発言をする男に絶句する。一人の部下に対して、あまりにもぞんざいすぎる言葉だ。

紗耶は腹立ちのあまりチラリと睨《にら》みつけると、すぐに顔を逸《そ》らして足早に半歩前を歩いた。

というのに、

「ふぅん……これは『氷華』のお気に召さなかったみたいだね」

興味深そうに呟いた男はすぐに長い足で紗耶の隣に立つと、含み笑いをして顔を覗き込んできた。

その面白がる様子に更に苛立った紗耶は、冷めた目線を投げつける。

流石に失礼だったか……なんていう心配は無用だったようで、

「そんな冷徹そうな顔をして意外と情に篤《あつ》いから、求心力があるんだろうね。……ほら、あまり怒っていると体調が悪化するよ？」

「何の話ですか。むしろ絶好調ですが？」

「おや、自覚なかったのかい？　一人で帰すのが心配なくらい、熱っぽい顔をしているけどねぇ」

「熱なんて、そんな……」

また適当な戯言《ざれごと》か、と気にせず先を急ごうとしたのだが、

「一度立ち止まって深呼吸してみるといい」

突然腕を掴《つか》まれ、いたって真面目《まじめ》な顔で心配されてしまい戸惑う。

え、そんなに顔色が悪いだろうか、と立ち止まったついでに工部侍郎を仰ぎ見れば、

「…………っ！」

頭を上げた瞬間に、目線がくらりとブレた。

「おっと……」

素早く工部侍郎が身体《からだ》を支えてくれる。

しっかりとした大人の力強さの中に、嗅《か》ぎ慣れない上品な香……。

彼のおかげで倒れ込むことはなかったが、そのまま廊下にしゃがみこんでしまった失態に、舌打ちをしたい気分だった。

「………っ」

「ほうら。だから言っただろう、送るって」

工部侍郎の勝ち誇った言葉に、嫌味の一つも返せないのが歯痒《はがゆ》い。

確かに現状、目の前がボヤけているし、吐く息が熱い気がする。一度それに気付いてしまうと、力の抜けた足も怠く、発熱しているのを自覚するには十分だった。

(えー……こんな時に、風邪引いた……？)

そういえば髪が濡《ぬ》れているせいか、時々凄《すご》く寒いとは思っていたが、もしかしなくても熱が出る兆候だったのだろうか。

(……うそー、せっかく後で田鶩州の獣害調査を進めようとしてたのに……！)

「とりあえず医務室に行くかい？　それとも帰った方がゆっくり休めるかな？」

「——……いや、でも席にさえ座れたら、書類は読める……」

「ぶはっ……！　君、その状態でまだ仕事する気なの？」

「え、あ……脳内葛藤《かっとう》が口からダダ漏れでした……」

吹き出した工部侍郎の言葉に、ワンテンポ遅れて自分の独り言に気付いた。

ダメだ、本格的に熱に浮かされている。

変なことを口走る前に素直に休みをもらった方がいい。それに、

「周りに風邪を移したら迷惑でしたね……。すみません、熱で判断力が鈍っているようです」

「ははは、いや、別にそんな事が言いたいんじゃなくてね。……うん、本当に面白い子だね。そりゃあ、あのお方が――……」

気にする筈だ……というような言葉が続いた気がするが、しっかりと聞き取れなかったのと意味がわからなかったので、もう一度聞き返そうとした。

が、

「――何をしている」

「陛下……」

突然聞こえた、耳慣れた重低音。

その声に素早く姿勢を正した工部侍郎が、最敬礼で頭を下げた。

すぐに紗耶も、ここが公衆の面前……戸部という密室じゃないことに気付き、同じように頭を下げようとしたのだが、身体に上手《うま》く力が入らない。

「……っ、御前に無作法、失礼いたします……」

「良い。体調が悪いのか?」

周りの目を考え、普段の気安さなど微塵《みじん》もない、皇帝陛下として言葉を掛ける陛下。しかしそんな態度に物寂しさを感じることはなく、何故か逆に、側《そば》に来てくれたことへの安心感が優っていた。

(……何なんだろうね。波長が合う、とでも言うのか、凄く近い存在のように感じるんだよね。こういう瞬間……)

それに不思議と、辛《つら》かった呼吸が落ち着いてきた気がするのだ。

ひとつ深呼吸をして、しゃがみこんでいた姿勢から立ち上がり、頭を深く下げて礼をする。

「……申し訳ありませんでした。体調を崩していたようで、立《た》ち眩《くら》みが……」

「そうか。工部侍郎、戸部尚書に『戸部侍郎は体調不良のため暫《しばら》く休む』と伝えてきてくれ。私からの指示だと言ってくれて構わない」

「はっ、かしこまりました」

「そこの宮女。医務室に伝令を。急病人が行くから、寝台を空けておけ、と」

「は、はいっ！　至急お伝えいたします！」

紗耶の返事を聞くなり、テキパキと周囲に指示を出していく陛下。

結局周りに迷惑を掛けている事実で、自己嫌悪に陥りそうだ。

「ご迷惑をお掛けし、申し訳ありません。少し休めば回復すると思いますので……」

そう謝罪しつつも、きっと陛下は風邪を引いたマヌケ具合に呆《あき》れているんだろう。そんなことを思いながら顔を上げたのだが、見えた表情は想像と全く違うものだった。

「──医務室に行って、少しマシになったらもう帰れ。帰れそうになかったら、そのまま泊まればいい。後で人が入れないように命じておく」

声を潜める陛下は、酷《ひど》く心配そうに眉間《みけん》に皺《しわ》を刻んでいた。

その予想外の表情に、一瞬ドキリとした紗耶だったが、何とか絞り出すように礼を伝える。

「あ、有難うございます……」

「……だから言っただろう、髪を濡らしたままにしておくな、と。──熱が下がっても、明日は出仕しなくてよい」

最後の言葉だけは、周囲に聞こえるようにしっかりと伝えた陛下。こう言われてしまえば、明日は絶対に休まないといけないだろう。

未《いま》だ窺うように見つめてくる視線に、もう大丈夫だから、と頷《うなず》いた紗耶は、気にするように立ち去っていく背中を見送った。

一分《いちぶ》の隙もない、皇帝陛下の後ろ姿を眺めながら、

(そりゃあ二日連続、濡れた髪のままでいたら身体も冷えるか……)

しかも苔《こけ》臭いしね……と自嘲《じちょう》気味に嗤《わら》った紗耶。

そして大きく息を吐くと、ゆっくりと医務室へ歩いて行ったのだった……。

〈後宮の茶会〉

で。

翌日。

なんとか自室の宮に戻り、李琳《りりん》の献身的な看護のお陰で明け方には熱も下がった紗耶《さや》。

いつもより遅い時間にゆっくりと目覚めると、久しぶりになんの予定もない、午後の優雅な時間を過ごそうと考えていた……はずだったのに、現在、非常に困っていた。

「さぁ、えーっと……紗耶様、もどうぞ？　お毒味は済んでおりましてよ」

「あ、有難うございます……」

煌《きら》びやかな後宮の一室。

うろ覚えらしく、微《かす》かな疑問符付きで名前を呼ばれた紗耶は、有無を言わさず渡された器を恐る恐る受け取ると、中に入っている液体に見当がついて頭を抱えたい気分になった。

（……梅酒ですか……）

「とても美味《おい》しゅうございますのよ」

「庶民の方では飲むことも出来ませんからね。心してお召しなさい」

そう言って勧めてくる後宮のお姫様方。その中央の上座にいるのは、蘭月《らんげつ》様だ。

……そう。

ここはまさかの蘭月様の宮。

尚食《しょうしょく》の宮女たちが働く炊事場に顔を出そうと、自分の宮を出たのが失敗だったのだ……。

普段、昼食は戸部《こぶ》で他の官吏たちと食べている紗耶。

後宮では昼食は不要だと伝え、普段は用意してもらっていなかったが、今日だけはココで過ごさないといけない。明け方まで看病してくれていた李琳が、寝不足だろうに自分で用意しようとしているのに気付いてしまえば、世話を掛けた張本人としては非常に心苦しかった。少し面倒だが、尚食にお願いすれば今からでも用意してもらえるはず……と炊事場を覗《のぞ》きに行くことにしたのだ。

……勿論《もちろん》、そんな目的を李琳に言おうものなら、私が至らないばっかりに……と泣かれてしまいそうだから、暇潰《ひまつぶ》しがてら散歩に……という名目での外出だ。当然一人では出歩かせてくれないから、李琳と適当に散歩しつつ、偶然炊事場を通りかかって、そういえば、みたいな感じで話を持っていけば彼女も気に病まないだろう。

顔馴染《かおなじ》みの宮女がいれば話が早いんだけどなー……なんて思いつつ、いつも通り髪を隠して飾り気のない衣で身支度をした紗耶は、すっかり気分爽快《そうかい》に、李琳と共に小さな宮を出たのだった。

が、

（うわー……日中ってこんなに人が多かったっけ……）

普段人気《ひとけ》のない時間にしか出歩かない紗耶にとって、昼間の後宮は完全なる異空間だった。

——うふふっ、ですから……なんですって。

——まぁ可笑《おか》しい。……そういえば、そろそろ中庭の花も……。

——さっさと掃き掃除を終わらせなさいっ！　……様がこちらを通られるとお達しが……！

——今日は……様が問屋を呼んだそうだから、昼餉《ひるげ》は遅い時間でいいと……。

中庭で優雅に雑談中の妃《きさき》達や、忙しそうに身体《からだ》を動かす宮女まで、沢山の女の人が活動していたのだ。

その中を物珍しそうに、だが肩身狭そうに李琳を連れて歩いていく紗耶。

（いやぁ、普段、堅っ苦しい官吏達とばっかりいるから……華やかだわ……）

病み上がりには目に優しいかも……なんて冗談を頭に浮かべつつ、炊事場へと続く廊下を曲がり
——、

「紗耶様……っ」

「……っと、失礼致しました……」

危ない危ない。目の前から歩いてくるのは、どう見ても位の高いお方だ。周りを取り囲むように歩く宮女がいるから間違いない。小さな声で注意を促してくれた李琳に感謝しつつ、決して失礼をしないよう李琳と共に平身低頭、きちんと脇に避《よ》けて頭を下げた。

その前を、そそと通り過ぎる女性達……の足が、何故か止まる。

「…………？」

「……おや、珍しい。娘、お前も付いていらっしゃい」

「…………へ……？」

ワンテンポ遅れて、自分に掛けられた声だと気付いた紗耶は、慌てて顔を上げた。

「え、蘭月様……？」

驚いたことに、目の前に立っていたのは四夫人の一人である蘭月様だったのだ。

感情の読めない大きな榛色《はしばみ》の瞳《ひとみ》で紗耶をひたりと見据えると、すぐにフイと視線を外し、高く結い上げた焦げ茶色の髪を靡《なび》かせながら歩き出してしまった。

「え……え……？」

「アナタ、さっさと付いて来なさいっ」

通り過ぎていく蘭月様を呆然《ぼうぜん》と見送っていると、後ろから歩いてきた宮女の一人が、小声で叱咤《しった》してきた。

「え、私、ですか……？」

「そうですよっ、蘭月様のお言葉を聞いていなかったのですか⁉」

いや、聞いたからこそ意味が分からないんですけど……という反論は許されず、

「と、とりあえず紗耶様、付いていきますよ！」

同じように訳が分からないといった顔の李琳にも急《せ》かされ、先を歩いていってしまった蘭月様を追いかけるように進路変更させられたのだった。

そして今。

蘭月様の宮で、昼食会にお呼ばれした形になった紗耶。

李琳をはじめとした各妃達の宮女が部屋の片隅で待機しているという、恐ろしい監視状態の中、豪奢《ごうしゃ》な机の末席に座ることを許された（？）と思ったら、早々に乾杯が始まってしまったのだ。

（病み上がりに酒……）

渡された杯を持ったまま固まる紗耶。

とろりとした琥珀色《こはくいろ》の液体は、梅の芳しさと、お酒特有の香りがしている。

パッと見た限り、美味しそうな『梅酒』だ。

ただ、熱が下がった直後に飲めるほど、お酒に強いわけでも大好きでもない。

（元気な時だったら良かったんだけど……）

しかしここは後宮。高位の妃からの好意なのだ。拒否なんて、出来るわけがない。せめて一杯は飲まないと、この宮の主人である蘭月様の顔に泥を塗ったことになってしまうだろう。

取り巻きと呼んでいい他の妃達の、にこやかな表情の裏の本心が透けて見えてきそうだ。

（ただでさえ見知らぬ私が突然同席して苛立《いらだ》ってるっぽいのに……）

そりゃあもう、これまで存在すら知らなかったぐらい最下級の妃が、同列の席に座っているのだ。

蘭月様のご指名とはいえ、気分の良いものじゃないだろう。

しかもこれまた意外なことに、あの陽陵《ひりょう》様までもが蘭月様の近くに席を貰《もら》っていたのだ。

今日も可愛《かわい》らしくも華やかに着飾って、にこやかに蘭月様に話しかけている陽陵様。どちらかといえば、寵妃争いで対立しそうな二人だと思っていたが……四夫人である蘭月様と九嬪《きゅうひん》の陽陵様では、明確な立場の差があるのかもしれない。

とはいえ、幸いにも末席の紗耶からは遠い。ここ数日の関係的にはなるべく関わりたくないし、目をつけられるのも御免だった。

「有難く、頂きます……」

さっさと飲んで褒め称《たた》えろ、と言わんばかりの視線に負け、細かい装飾の施された薄い飲み口の杯を傾けた。

ふんわりと香る梅と、口内に広がる甘酸っぱさ。喉《のど》を流れていく酒精の熱さ。

「……あ、とても美味しいですね」

糖度の高い、シロップのような梅酒だ。個人的にはさっぱりしたバニラアイスにかけて食べるのもいいなぁ……なんて思うほど甘かったが、美味しいことは間違いなかった。

その反応に、気分を良くしたらしい面々。

「そうでしょうとも。この『梅の蜜《みつ》』は、蘭月様のお眼鏡にかなった逸品ですのよ」

「これほど甘い飲み物なんて、他に御座いませんもの。とても贅沢《ぜいたく》で素敵な気分になれますわ」

「梅なんて、可憐《かれん》な花を愛《め》でるだけかと思っておりましたものねぇ」

各々が杯をちびちびと傾けながら絶賛している。その反応に、あれ、と思った。

(梅酒……って、一般的に広がってないのか……)

この世界での砂糖の価値を考えれば、納得もできる。これだけ甘い梅酒にしようとしたら、相当量の砂糖が必要だろう。甘い酒なんて発想も出てこないのかもしれない。

（……砂糖、といえば田駕《たが》州南部を領地に持つ陽陵様だけど……）

陛下に獣害の話を聞いてから砂糖の話に敏感な紗耶は、恐る恐る陽陵様の様子を窺《うかが》おうと視線を上げた。……ら、なぜか蘭月様と目が合った。

いつも通り、底の知れない榛色の瞳が、硝子《がらす》玉のように紗耶を映している。

「…………え、と……？」

「――これは陽陵様に頂いたものですよ。砂糖産地である田駕州は、さすがで御座いますね」

紗耶と目が合ったかと思えば、すぐに艶《つや》やかに微笑《ほほえ》んだ蘭月様が、周囲を見渡して陽陵様を紹介した。その唐突な感じに一瞬面食らった紗耶だったが、そりゃ話し掛けられるわけないか……、と思わず身構えた自分に内心苦笑する。

「まぁっ、お褒めに与《あずか》り光栄で御座います、蘭月様。お口に合いましたのなら幸いで御座いました」

蘭月様の言葉で勢いを得たらしい陽陵様は、目を輝かせて礼を言っている。私に対する態度とは一八〇度ぐらい違っていて、世渡りとはこういうことなんだろうなぁ、と遠い目をしそうになった。

その間にも机を囲む他の妃達は、続々と陽陵様へ質問を投げている。最初の入室時の挨拶《あいさつ》から察するに、彼女も蘭月様の昼食会には初めて呼ばれたメンバーのようだった。

「本当に美味《おい》しゅうございますわ。……田駕州ではよく作られているのですか？」

「いいえ、わたくしの家の特製でございます。また出来ましたら皆様にお持ちいたしますわ」

「まぁ嬉《うれ》しい！　でももっと沢山お作りになってくださいな。わたくし、頂けるのでしたら買わせていただきたいぐらいですもの」

「わたくしも同感です。お売りになれば宜《よろ》しいのに……」

残念がる妃達の言葉に、満面の笑みを浮かべる陽陵様。

「過分なお言葉、有難うございます。ですがこれは、梅の実と砂糖だけで作る、それはもう希少な蜜なのでございます。大量の砂糖が必要ですので沢山作ることも出来ず、お親しい方への贈答用としているのでございます」

（梅と砂糖だけでアルコール発酵させてるのか……）

一切控えない甘さに、そろそろ原液で飲むのが辛《つら》くなってきた紗耶は、そりゃあ甘いわ……と杯をテーブルへ戻した。

「まぁっ、そうだったんですね。そんな貴重なものをこうやって振舞ってくださるなんて、嬉しいですわ」

「いえいえ、新参者ですのでご挨拶は当然のことです。これを機に、というわけではありませんが、どうぞ末長く宜しくお願いいたします」

へりくだって挨拶をする陽陵様に、妃達は良い印象を持ったらしい。蘭月様の邪魔になる女だ、と冷めた目線を投げていた妃らも空気が緩んでいる。

なにより、当の蘭月様が普段と変わらない様子なのだから、子分達は大人しくするしかない。

……勿論、最下級であることを自覚している紗耶は、誰《だれ》よりも空気な存在感で、黙々と箸《はし》を動かしたのだった。

「――そういえば、まさか垂氷《たるひ》様が降格処分だなんて驚きましたわねぇ」

食事も終わり、そろそろお暇《いとま》か、と期待に胸を膨らませていたところで、突然降ってきた話題に驚いた。

垂氷様というと、あの日、深夜まで賑《にぎ》やかにしていた宮の主人なのだ。翌日に宮正から忠告交じりの話は聞いていたが、こうも厳格な処分が下ったとは知らなかった。

「二十七世婦《せいふ》に落ちるなんて、これからどうされるのでしょう……？」

「でも自業自得でございましょう？　大層な乱痴気騒ぎだったというじゃありませんか」

「そんなにお酒を好まれていたなんて、知りませんでしたわねぇ」

妃達の他愛ない噂話ではあるが、後宮の事情に詳しくない紗耶にとっては非常に新鮮だ。

想像以上に豪華なコース料理でお腹《なか》はいっぱいだし、なんだか眠くなってきた気もするが、姿勢だけは崩さずに聞き耳を立てておく。

「自制が出来ないなんて、四夫人といえどそこまでの方だったのでございましょう」

「自棄《やけ》にでもなられたのかしら？　陛下が公の場に伴うのは蘭月様でございましたから……ぁ……」

「っ、貴女《あなた》、ちょっと……」

一人の妃の言葉に、周囲の妃達が顔色を変えて小声で制止に入った。

何か問題のある発言だっただろうか、と思ったが、そういえば今この場には、直近で陛下の御召しがあったと言われている陽陵様がいるのだ。寵愛《ちょうあい》争いをしているお二人がいる場では微妙な話題だったかもしれない。

恐る恐る、どんな反応をしているのだろうか、と上座へ視線を向ければ、一切表情を変えない蘭月様とは対照的に、陽陵様は余裕のある笑みをして口を開いた。

「陛下と蘭月様がお並びになれば、それは大層絵になりましょうね。わたくし、新参者で御座いますので、まだお二人が寄り添う壮麗なお姿をお見掛けしたことがなくって……残念ですわ」

そう言って頬に手を当てる陽陵様はとても愛らしい。が、カケラも残念そうではない表情を見てしまうと、額面通りに受け取るのは難しい。

なぜなら彼女は後宮に入って日が浅いとはいえ、数ヶ月は経《た》っているのだ。発言の裏を返せば、それだけの期間で一度も、陛下と蘭月様が一緒のところを見たことありませんよ、という揶揄《やゆ》にも取れる。

実際、数人がピクリと眉《まゆ》を動かしたが、殆《ほとん》どの妃は蘭月様を褒める言葉として流したようだった。

「それはもう！　一対の絵のごとく、溜息《ためいき》が出るような神々しさですわ」

「蘭月様の艶やかで濃い、焦げ茶色の御髪《おぐし》は、『日輪の君』の隣にいても遜色《そんしょく》ございませんからねえ」

いつかの祭典を思い出しているのか、うっとりと話す妃達に、陽陵様はにこりとしたまま相槌《あいづち》を打つ。

「そうなのですね、羨《うらや》ましいですわ。わたくしなんてこんな髪色ですけれど、陛下は厭《いと》われませんでしたので、とてもホッといたしましたの」

「…………」

ピシリ、と空気にヒビが入ったのを感じる。

あくまでも邪気のなさそうな笑顔を振《ふ》り撒《ま》きつつも、これは絶対に煽《あお》ってるに違いない……。恐ろしい子っ。

蘭月様は無関心に杯を傾けてらっしゃるが、周囲はハラハラと、上座の蘭月様と陽陵様を見比べている。

「……へ、陛下はお優しくてございますからねぇ。田舎者にも目を掛けてくださるのでしょう」

「ほんとうですわね。わたくし、あの気高い黒曜の瞳に見つめられただけで……まるで抱擁されているような、それはもう、幸せな気持ちになりましたもの」

「…………」

少し遠くを見つめるように視線を流す陽陵様と、顔を引《ひ》き攣《つ》らせて固まる妃達。

確かに、嘘《うそ》は言ってない。嘘は。

陛下に挨拶へとやってきた陽陵様を、チラ見はしていた筈《はず》だ。隣にいた私のことなんて眼中にもなかったのは非常に助かりましたけど……。

凍りついたような空気を気にすることなく、自分主体で会話をする陽陵様に感心しつつ、そろそろ帰ってもいいかな……なんて思っていると、

「あら、蘭月様。杯がもう空ですわ。お代わりをお持ちいたしましょう。皆様も飲まれますよね？」

完全にこの場を主導しているノリで、笑顔で宮女達に合図を送る陽陵様。ただ、さすがは蘭月様の宮に勤めている宮女達で、しっかりと蘭月様に目線で確認を取ってから行動を始めた。

話題が梅酒に戻ったことで誰もが幾分か安堵《あんど》した様子で、恭しく持って来られた徳利《とつくり》を見つめる。

当然のごとく、まずは蘭月様の杯に、と宮女が寄るが、

「わたくしはもう結構ですよ。皆様にお配りして」

穏やかな笑顔で蘭月様が断った。代わりに温かいお茶を望まれたのだから、その場のほぼ全員が驚いただろう。

「え……っ、あの、お気に召しませんでしたか？」

焦って尋ねたのは勿論《もちろん》、陽陵様だ。今まで自分が相当マウントを取った話をしていたというのに、全く自覚はないらしい。蘭月様が気分を害したのかも、なんて思いつきもしない様子で困惑している。

そんな蘭月様は、食い下がる彼女を一蹴《いつしゆう》するように、有無を言わせない笑みを向けた。

「いいえ、とても美味しゅうございましたよ。また、寝る前にでも頂きますわね」

「あ……そうですか……。えー……と、でしたら皆様、まだ沢山お持ちいたしておりますから、ご遠慮なさらずお飲みくださいね」

蘭月様が断ったことで、お代わりをして良いのか躊躇《ためら》っていた妃達だったが、陽陵様が後押しをする形で続々と杯を満たしていく。

そして末席ながらも宮女が回ってきた紗耶は、蘭月様が断ったなら自分も許されるかな……と、同じく遠慮させていただいた。頬が若干火照ってきていて、アルコールが回ってきたらしいのだ。これ以上飲んだら酔うだろうし、また体調が悪くなるのはゴメンだ。

しかし、陽陵様は目聡《めざと》かった。

「あら、貴女も宜しいの？」

今まで掛けられたこともない、にこやかな声音にゾワッとする。

やっぱり断らずに、入れるだけ入れてもらっておいた方が良かっただろうか……。

「え……と、はい、実は病み上がりで……」

「あらまぁ。でしたら尚《なお》のこと、梅の蜜は身体《からだ》を温めますのよ？」

でしょうねぇお酒ですし……とは言えず。

淡々と温かいお茶をすする蘭月様を羨ましく眺めつつ、さて、どうしようかと思っていると、少し頬を上気させた妃が割って入ってきた。

「陽陵様、良いではございませんか。見るからに庶民の出のようですから、嗜《たしな》み方がわからないのでございましょ」

「それでは仕方ありませんね。身分相応のものってございますものねぇ」

そう言ってクスクス笑い合う陽陵様たち。

好きに言ってくださいな、甘いお酒は程々でいいっすから……なんて、遠い目をするしかない紗耶。

この茶番はいつまで続くんだ、なんて思っていると……、

「――きゃ……っ！　っ、申し訳ございません！」

「まぁっ、大丈夫でございますか⁉」

妃の一人が手を滑らせ、杯を倒してしまったのだ。

カシャンという高い音と共に黄金色の液体が机を伝い、その妃の薄衣で出来た羽織を濡《ぬ》らしてしまっている。

「布をっ！」

「絹の羽織が……」

蘭月様の宮女達がすぐさま布を持ち、机や床の清掃を始め、梅酒を溢《こぼ》した妃はお付きの宮女に羽織を脱がせてもらっている。その顔色は悪く、不安そうな表情で胸元を押さえながら、まずは蘭月様を見た。当然だろう。不興を買えば自分の立場がどうなるか分からないのだ。

「蘭月様っ、粗相をしてしまい大変申し訳ございません。手が当たり、戴《いただ》いた梅の蜜《みつ》を溢してしまい……」

「あら、構いませんよ？　沢山頂いたみたいですから。それより羽織は大丈夫ですか？」

「あぁ……寛大な御心遣い、誠に感謝いたします……！　……羽織は……」

蘭月様の、幾分も変わらない緩《ゆる》りとした言葉にホッとした顔で礼をした妃は、それから宮女に渡した羽織を見つめる。

あんな砂糖の塊みたいな液体が服についたんだから、羽織は大惨事だ。目線を向けられたお付きの宮女が、片手に布を持ったまま、助けを求めるように主人を見つめる。

「どうしましょう、姫様。絹の綾織《あやおり》で作らせた特等の羽織でしたのに……」

「もっとちゃんと拭《ぬぐ》いなさいな。綺麗《きれい》になるでしょう？」

「拭っているのですが、あまり……」

妃に急き立てられ、再び梅酒で濡れた箇所に布を当てる宮女だったが、そんなものではどうにもならないだろう。乾いたところでベタベタだ。

諦《あきら》めて羽織は洗濯に出した方が良いんじゃ……、と思っていると、

「あらぁ、もう駄目じゃないですか？　せっかくの梅の蜜も流れてしまいましたし、残念ですわねぇ」

そんな、空気を読まない発言をしたのは陽陵様だ。

「拭っただけでは綺麗になりませんわよ。羽織ぐらい、またお仕立直されては？」

出たー、お貴族様特有の勿体《もったい》無いやつ……！

あれぐらい洗えばまた着れるでしょ、とは思いつつも、そういえばあんな高価そうな服のクリーニング方法なんて知らない。もしかしたら洗ったら駄目になっちゃうような繊細な生地なんだろうか……まぁ、後宮のお姫様たちからすれば新調する方が早いか……。

目立ちたくない傍観者は、無責任に脳内だけで思考を繰り広げていたのだが、

「そうなのですか……入宮の際に仕立てた思い入れの物だったのですが……」

羽織を見つめて悲しそうに呟《つぶや》く妃に、思わず口が滑った。

「――ならさっさとお湯で流したら大丈夫ですよ、すぐに取れます」

「え……？」

「砂糖なんて、お湯で溶けちゃいますから簡単に綺麗になりますよ。ね、陽陵様」

「……えっ？」

突然振られて驚いた顔の陽陵様。

しかし構わず続ける。

「その羽織、別に染物じゃないですよね。だったらお湯を使っても色落ちとかは大丈夫ですよね？」

「あ、はい、恐らく大丈夫かと……」

「だったら――」

「――お湯をお持ちしてあげなさい」

「へ……？」

今度は紗耶が驚く声を上げる番だった。

なぜならお湯の指示を出したのが、蘭月様だったからだ。

「ただいま」

そう言った宮女たちがそそと湯気の立った大きめの器を持ってきた。

……さすが仕事の早い……。

「それで？　どうすれば宜しいか教えて差し上げて？」

鈴の鳴るような声音はいささかも抑揚が感じられず、無感動な榛色《はしばみ》の瞳《ひとみ》が紗耶を見つめる。

「え……っと、ただお湯に浸《つ》けて、ちょっと待てばすぐに砂糖は溶け出すかと……」

「だそうよ？」

「かしこまりました」

宮女の返事を聞くまでもなく、ほっそりとした手は茶杯に添えられ、興味なさそうに、だが優雅にお茶をすすり始める蘭月様。

本当に正真正銘のお姫様だわぁ……なんて、こんな状況なのに感動してしまう。

その間にも宮女たちは紗耶の言葉通り、梅酒で濡れた箇所を湯気の立った器の中に沈め、揺らすように軽く濯《すす》ぐと引き上げた。そして軽く絞り、新しい布で挟むように水気を拭《ふ》き取っている。

妃たちの誰《だれ》もが、一体どうなるのかと興味津々で見守っていた。

「……だいたい、落ちたのではないでしょうか。いつもの手触りですし、後でちゃんと乾かしてお香を焚《た》き染《し》めれば全然問題ないかと……」

「まぁ……っ、本当に?」

「はい、こんなに簡単に落ちるなんて驚きです。——ご助言、大変有難うございました」

「え……いえ、滅相もないです……」

宮女から深々と礼をされてしまい、焦る紗耶。こんな場で礼を言われる状況になるとは思わず、どういう反応をしていいかわからない。

思わず助けを求めるように蘭月様の方を見れば、何故か満足そうな瞳がこちらを見つめていた。と思ったのも一瞬で、すぐさま完璧《かんぺき》な淑女の微笑みが周囲を見渡す。

「宜しかったですわね。では皆様、どうぞご歓談を続けてくださいませね」

その一声で、室内は完全に先程までの落ち着きを取り戻した。促されるように騒動の渦中の妃も席に着き、恥ずかしそうに口元を手で隠す。

「蘭月様、皆様、お騒がせして申し訳ございませんでした、お恥ずかしい……」

頬を染めながらも安堵の吐息を漏らした妃に、他の妃たちも笑顔を返す。

既に机や床も綺麗に拭き清められ、まるで何事もなかったかのような状態だ。溢れた杯も新しいものに替えられ、中には再び黄金色の液体が注がれている。宮女たちは完璧な仕事ぶりだ。

とはいえ、何となく紗耶を窺《うかが》うような、声を掛けるべきか……という微妙な視線を感じて居た堪《たま》れない。何と言っても蘭月様自らが紗耶の意見を聞いて宮女たちに指示を出したのだ。その異例さに、どう対応していいのか分からないのだ。

余計な口出ししたのは自分だからなぁー……とは思えど、あの人の思い入れのある服が処分されずに済んだから、全《すべ》て良し。

「あら、お茶が来ましたわよ。宜しかったですわね」

「あ、有難うございます」

まぁそんな取り巻き妃達の心理なんて全く関係ないのが陽陵様だ。

何故か高飛車に言われた言葉で視線を上げれば、紗耶の目の前に浅黄色のさらりとしたお茶が入った茶杯が差し出されていた。梅酒を断っただけなのに、こうやって蘭月様と同じように温かいお茶を出してくれるなんて本当に気が利いている。この世界では、まだお茶は一般的には高価な部類なのだ。紗耶の慣れ親しんでいた日本のお茶とは少し違うが、それでも温かくて、甘ったるくないだけでだいぶ違う。

似たような色をしていても病み上がりの今はこっちだわー、なんて、煌びやかな場に相応《ふさわ》しくない鄙《ひな》びた感想を抱きつつ……、痛いぐらいの視線にちらりと目を向ければ、どこか苛立《いらだ》ったような陽陵様と一瞬目が合ってギクリとした。

「……今も梅の蜜を作らせているのですが、あと数日ぐらいで飲み頃《ごろ》になるものがあるのです。……また、気に入ってくださった方にはお贈りさせて頂きますわね」

気に入ってくださった方には、という言葉を強調して、愛らしい笑顔で周囲を見渡す陽陵様。無邪気に胸の前で手を合わせている姿は本当に可憐《かれん》だが、一瞬で外された視線から察するに、私には梅酒の贈り物は無いわよ、という先制だろう。

「あら……それは出来上がりが楽しみですわね。また私達にもお分けくださると嬉《うれ》しいのですけれど」

「勿論《もちろん》、真っ先にお持ちいたしますわ。これでも毎日作らせているのですけれど、仕込んですぐに飲めるような簡単なものではございませんから、後宮内の全ての方にはお配りできなくて……」

「そんな貴重なものを振舞ってくださって、有難いことですわ。また私も昼食会にご招待させて頂きますわね」

「嬉しいですわっ。まだお親しくさせてくださる方がいなくて寂しかったのです……。今はちょうど梅の実が収穫時期なので、実家から砂糖も沢山送られてきて——」

いやいや、獣害はどうしたよ獣害は。梅酒なんか仕込んでる場合じゃないでしょ……。いや、むしろ本当に獣害なんてあったのかと疑わしくなってくるわ……。

（あー…………明日は絶対に出仕しよ……）

蘭月様が殆《ほとん》ど我関せずなせいか、陽陵様のオンステージになり始めた昼食会は、お酒の力もあってだいぶ気安い雰囲気のままその後も続いた。

何故かちょっと顔色を窺うように遠巻きにされてしまった紗耶は、結局自分が呼ばれた理由もわからず徒労感でいっぱいだったが、反対に寝不足でしんどいはずの李琳は、（どこに満足する要素があったのか全くわからないが）勝ち誇ったように得意気だったから、なんかもういいや……と考えることを放棄したのだった……。


そして休み明けの戸部。

今度こそ陽陵様には会わないように、細心の注意を払って抜け道を通ってきた紗耶は、まるで戸部のいち官吏かの如《ごと》く当然の顔をして椅子を引っ張ってきた男と、軽く雑談を交わしながら書類をさばいていた。

「もう熱は下がったのか？」

「はい、ご迷惑をお掛けして申し訳ありませんでした。……陛下、そこの決裁書取ってください」

「別に数日ぐらい休んでも良いだろうに。……ほら」

「有難うございます。いえ、調べたいこともありますので……」

そんなことを返しつつ受け取った書類に数字を書き込んでいた紗耶は、そういえば、と思い出して抽斗《ひきだし》を開けた。

中からは微《かす》かに、肉桂《にっけい》と甘い焼き菓子の香りが漂ってきている。

「これ、差し上げます」

そう言って渡した紙袋に、本日も変わらず精悍《せいかん》に整った顔が片眉《まゆ》を上げて紗耶を見た。

「なんだ……？」

「前に頂いたものの、お返しです」

「は……？　……お前、これ、城下に行ったのか？」

流石にすぐに気付いたらしい。

「はい。私も田駕州の件で、市場の相場を確認したかったものですから」

「……ちゃんと護衛は連れて行っただろうな」

何故か咎《とが》めるような口調になる男に、意味がわからん、と白い目を向ける。

「何でですか。別に役人だと名札を貼って行ったわけじゃないですよ？」

「それでも、だ。一人で城下に下りるなんて、物騒な輩《やから》にでも目をつけられたら……」

「お忍びで城下の菓子屋を散策する陛下に言われましても……」

「俺はどうにでもなる……じゃなくて、お前は昨日《きのう》もだなー……っと……」

何かを言いかけて口籠《ごも》る男。

その言葉に、はて……？　と考える。

「昨日……？　昨日はお休みを頂いておりましたが……」

「あ、いや、あぁ……そうなんだが……。……酒を、飲んだだろう？」

「えっ⁉　まだ臭います……⁉　だいぶ時間が経《た》ったんで、抜けてると思ったんですけど……」

思案するように言葉を探していた陛下の、予想もしない発言に驚いて身体《からだ》を反らす。こんな格好をしているが、一応は女なのだ。アルコール臭でクサいなんて指摘されたら、悲しすぎて立ち直れない。

「いやっ、臭いなんてしてない、が、……あー……声が掠《かす》れてるからもしや、と……。まぁつまるところ、体調が悪い時に無理をするな、と言いたかったんだ。余計に苦しむ羽目になるぞ」

最後だけ勢いづいたように忠告してくる言葉に、既に遅いっす、と自分で自分に溜息《ためいき》が漏れる。というのもあの昼食会の後、自分の宮に戻ってから、気持ち悪すぎて大変だったのだ。あんな体調であんな甘いお酒を飲んだら、そりゃあ悪酔いするよ……とは思っても後の祭りである。

李琳に嘆かれつつ、暫《しばら》くは一縷《いちる》の毛並みに顔を埋《うず》めながらぐったりと寝台に沈んでいるしか出来なかった。夕餉《ゆうげ》の時間になり、李琳の薬膳《やくぜん》料理が胃に優しく、お陰で何とか夜半過ぎには復活できたのだが……。

「いえ……私も全く飲む気なんて無かったんですけどね……」

状況が許してくれなかったんですー、文句があるなら貴方《あなた》の妃達に言ってくださーい……なんて思ったものの、それで話をされるのも何か嫌だなぁ……という矛盾。五年以上の年月の中で、陛下にはそれなり以上の友情を感じていたらしい。……自分でも、そんなことが気になるなんて驚きだ。

「……ま、そんなことより。時間があるんでしたらその焼き菓子でも食べませんか？　一緒に紅茶でも飲もうかと、肉桂の粉末も買ってみたんです」

ほら。ともう一つの紙袋を見せれば、呆《あき》れたように相好を崩す陛下。

「買い物は楽しかったか？」

「それはもう。久々だったんで城下を歩いているだけで楽しかったです」

「なら良い。飲もう」

ではお茶を淹《い》れてきますね、と言い置いて席を外した。

もちろん、猛然と書類を仕分けしている戸部尚書の机の上にも、飲み物がないことはチェック済みだった。

＊＊＊

紗耶が執務室を出て行ってすぐ。

戸部侍郎の席に陣取る、存在感のあり過ぎる客人は、貰《もら》った紙袋を手で弄《もてあそ》びながら口元が綻《ほころ》んでいた。

高く結った黒髪に、常は冷徹さすら見せる黒曜の瞳。この世で最上の貴色を纏《まと》う皇帝陛下の、唯一無防備になる姿に、不遜《ふそん》ながら兄貴分のような気持ちになった戸部尚書・佐伯《さえき》踏青《とうせい》は、持っていた筆を置いて小さく笑った。

「良かったですねぇ、陛下」

「……む……勝手に城下に行かせるな」

「それは無理ですよ。うちの侍郎は優秀なんで」

そうサラリと言うと、渋面になる若き主君。どうせ恥ずかしさからの、おざなりな文句だから丁度いい。

恐ろしく忙しい筈《はず》なのに、仕事の一環とはいえ殆ど毎日、時間を捻出《ねんしゅつ》してはやってくるのだ。それだけ大事にしているひと時なのだということは理解しているが、事情を知っている身としては、揶揄《からか》いたくなってしまうのだから仕方ない。

ただの乳兄弟という皇族でも何でもない踏青に、こんな態度を許している陛下の、度量の広さと情の篤《あつ》さは疑うべくもない。反面、統治者としては冷然と数字に厳しく、情け容赦ない判断を下すこともあるのだから、得難い側面とも言える。

普段であれば雑談程度の時間を過ごすだけなのだが、お茶をするとなると、やはりそれなりにゆっくりして頂きたい。

処理の終えた書類の山をまとめながら、チラリと三席へ視線をやれば、

「——戸部尚書。次期予算の分配について検討したいので、全員を資料室に連れて行って宜しいでしょうか」

意図を汲《く》んだ三席の男が、素早く伺いを立ててきた。

「助かるよ。あ、それって紗耶の担当分は？」

「戸部侍郎はとうに仕上がっており、我々の分をお待ち頂いている状況です。最終的には戸部侍郎の確認を以《もっ》て提出させて頂きます」

「そうか、なら宜しくね。後で紗耶も向かわせるよ」

「有難うございます、失礼します」

キビキビと礼をして、室内の部下達を連れて出て行く三席。それを見送りながら、うちの侍郎は仕事が早いなぁ、と改めて思う。最近は熱を出したり、陛下からの厄介ごとを調べたり、時間を取られていただろうに……。

「紗耶ってば、いつの間に予算取りの草案まで仕上げていたのやら……」

思わず呟《つぶや》けば、部屋に唯一残った美丈夫がその柳眉《りゅうび》を片方持ち上げた。

「……どういう意味だ？」

「あぁ、いえいえ、ただ感心しただけですよ。紗耶には結構な量の仕事を振っているんですけどね、その中で時間を割いて、あの七面倒な草案までさっさと仕上げてくれるなんて……やっぱり適材ですねぇ」

「…………一応は俺の妃だが……？」

「失礼しました。風邪を引いた紗耶が心配すぎて、わざわざ後宮内の黒衆《くろしゅう》を使って見守ってしまうぐらいですものね」

にこりと笑みを向ければ、更にムッと押し黙る陛下。緻密《ちみつ》な刺繍《ししゅう》の入った官服で乱暴に足を組むと、頬杖《ほおづえ》を突《つ》いて息を吐く。

「さっきの話を聞いていたか？　紗耶のやつ、病み上がりに酒を飲んで悪酔いしたらしい」

「まぁま、たまには飲みたい時だってあるでしょうよ」

「病み上がりだぞ？　……ただでさえ後宮では、少し前に酒乱で降格した者がいたというのに」

「おや、それは間の悪い。にしても、陛下の後宮で懲罰者が出るなんて珍しいことですね。そんなにその姫の酒乱は酷《ひど》かったのですか？」

基本的に後宮の些事《さじ》には関しない陛下だ。式典や祭事では面目上、妃を同伴者に連れているが、それも内侍省《ないじしょう》を通して適任者を選出してもらっているに過ぎない。寵愛《ちょうあい》争いの酷かった前皇帝の時代には、愛欲が絡んで様々な懲罰や規律が生まれたものだが……。

「他の宮の者から苦情が殺到するぐらいには煩《うるさ》かったそうだ。騒ぎを聞きつけて踏み入った宮正からも、弁解の余地なし、と。であれば、俺が擁護する謂《いわ》れもないしな」

「おや、お冷たい。紗耶を迎える前、出戻ったら殺されてしまいます、と妃達に泣きつかれて後宮の解散を踏み留《とど》まった、お優しい陛下とは正反対ですね」

「今では踏み留まっておいて良かったと思っているさ」

「紗耶を受け入れても目立ちませんでしたからね。……ですが、」

そう言って、『日輪の君』を見つめる。

「もし今後、せめて一度でもお情けを下さらないと生きていけない、と懇願されたら如何《いかが》致しますか？」

黒い、全《すべ》てを映し返すかのような双眸《そうぼう》が、ゆるりと細められた。

「ならば死ね、と言うしかないな」

無慈悲なまでの、冷淡な言葉。

いささかも心を動かす価値はない。そう言わんばかりの静かな表情に、踏青は安堵《あんど》した。

この方こそが、この璃寛皇国《りかんこうこく》の皇帝陛下なのだ。

……たとえ比翼を得られなくとも、陛下の治世は揺るぎない。

＊＊＊

慣れたように調理場へ、湯や茶器を貰いに行く紗耶は、廊下を歩きながら淹れる茶葉を考えていた。

(シナモンで香り付けするなら、どれが合うんだろ……。そういえば全く知らないや……)

ちょっとお洒落《しゃれ》を気取ってみたが、結局は庶民感丸出しだ。出されたものは飲むし、好き嫌いもない……と言えば聞こえは良いが、要はこだわりがないのだ。

(……ま、茶葉を貰うついでに聞けばいいか)

瞬時に考えることを諦《あきら》めた紗耶は、スタスタと調理場への扉をくぐると、昼餉《ひるげ》の準備で活気溢《あふ》れる戦場の中から、一人の顔見知りの女官を呼び止めた。

「才葉《さいよう》！　……忙しいところ申し訳ありません、お茶を淹れたいのですが……」

「まぁまぁ紗耶様！　いつもいつもこんなところにご足労頂かなくても、呼んでくだされればお持ちしますのに！」

大仰に驚いて駆け寄ってきたのは、ふくよかな中年女性だった。

調理の手を止め着ていた前掛けで手を拭《ぬぐ》うと、手際よくいつもの茶器を準備してくれる。

「さぁて、本日は何をご用意させていただきましょうね。戸部尚書がお好みの緑茶でも？」

「それなんですが……ちょっと肉桂の粉末を買ってみたんです。それに合う紅茶を選んでいただけませんか？」

「あらぁっ、それはまた珍しい品をお持ちで。お任せくださいな、ここにとっておきの茶葉が――……」

楽しそうに目を輝かせて棚の中を探る才葉。

それを横で眺めながら、紗耶は慌ただしい調理場の中をぐるりと見渡した。

大釜《おおがま》で何かを煮炊きする人に、凄《すさ》まじい火力で熱せられた鉄鍋《てつなべ》を振るう人。器を用意したり、食材の下準備をする人など、様々な人が忙しそうに働いていた。しかし……、

「なんだか普段より忙しそうですね……」

活気があるというより、殺気立っているような気がする。

すると困ったように眉尻《まゆじり》を下げた才葉。

「お見苦しくて申し訳ありません。後宮に人手をやってしまって、こっちの手が足りてないんですよ」

「……後宮に？」

「はい。何でも貯蔵している食材を全て改められるということで、大わらわでございます」

忙しそうに手を動かしながらも、口は止まらない。

「食材を改める？　大掃除ですか？」

「そのようなものですよぅ、まったく。……ただ……私も人から聞いた話なんですけどね……」

そう言って周囲を気にしたように声を潜める才葉。

「少し前に降格させられたお妃様がね、処分は料理のせいだ、なんて言い出されたみたいでね。……ご乱心ですよ」

眉《まゆ》を顰《ひそ》める才葉に、紗耶も同じく眉を寄せた。

最近降格された、というと、垂氷様しかいないだろう。が、それにしても原因を……、

「……料理のせい？」

「ねぇ、どういうことなんでしょうね。降格なんて認めたくないのはわかりますけれど、料理のせいになんてされたらたまったもんじゃないですよ。同じ調理場を担当する者としては、ねぇ？」

腰に手を当ててぷりぷりと怒る才葉は、同じ料理人仲間の処遇を案じているようだ。

垂氷様がもし本当にそんな主張をしているとしたら、調べないわけにはいかないだろうが……、どういう事なのだろう。あの大人しく真面目《まじめ》そうな人が、変な言い掛かりでゴネるなんてことは考えにくい。

「ま、後宮のお姫様ですからね。嫌いな料理でもあったんでしょう。……はい、紗耶様。お待たせいたしました」

「あぁ、有難うございます。……あの、もしご存知《ぞんじ》でしたら、どんな料理が問題だったと言われているのかお伺いしても？」

紗耶の問いに、軽く小首を傾《かし》げる才葉。

「さぁー、詳しくは……ただ主菜は魚料理だったと伺っていますよ。骨でも刺さったんでしょうかね？　さ、お運びいたしますから紗耶様はどうぞお先を……」

魚……？　更によく分からない。

茶器の載った盆を持つ才葉に礼を言い、前を歩きながら思案を続ける。

（垂氷様の降格処分は、深酒によって騒動を起こし、後宮内の秩序を乱したからだ）

飲酒を忠告に来た宮正や、昨日《きのう》の蘭月様の取り巻き達の話からでも、それは容易に推察できる。

だから、酒をすすめた宮女らに文句を言うぐらいなら心情的に理解できなくもない……のだが……。

（魚料理……に、酒と言えば、臭み抜きに使ったりするわよね……）

けれどまさかそんなことで酔いはしないだろう。臭み抜きのためのお酒なんて火を通したらアルコールは飛んでいる。火の通りが甘くアルコールが残っていたとしても、酩酊《めいてい》するほどの量じゃないはずだ。

……でも、でももし……、

（垂氷様が、お酒を飲んだ自覚が無かったら……？）

料理に使われた酒を原因だと疑うかもしれない。

（……え、そんなことある？　臭み抜き程度のアルコールで、酔う？　……いや、体質なんて人それぞれか……でも毒味役もいただろうし、これまでも同じように調理された魚料理を食べていたなら、今回だけなんて……）

「ぁあっ、紗耶様！　紅茶に入れるお砂糖をご用意し忘れておりました。今すぐ取ってまいりますので、先にお戻りくださいませ……！」

「あ、いいよ才葉。お茶菓子が甘いから、たぶん誰《だれ》も砂糖を入れないだろうし」

「左様でございますか……？　もしご入り用でしたらすぐにお持ち致しますので、いつでもお呼びくださいませね」

あらぁやっちゃったわ、と眉を下げる才葉に笑いかける。

「いつも良くしてくださって、有難うございます」

「いいえ～、役得なので私こそ嬉《うれ》しいのでございますよ。周りの宮女達にも羨《うらや》ましがられちゃって……」

「は…………？」

「こんなにお優しく美人な戸部侍郎様が話し掛けてくださるんですからねぇ。目の保養ですよぉ～」

「…………えー……っと……」

おほほほほ……と笑う才葉になんと返そうか悩んでいる間に、戸部の執務室に辿《たど》り着《つ》いてしまった。

「はいっ、お着き致しましたよ。今日は中までお膳《ぜん》させて頂いて宜しいんですか？」

「いえ、貰《もら》います。わざわざ持って来てくださって有難うございました」

「なんのお安い。では、お砂糖が必要でしたらいつでも。最近ご献上品が下げられてきて、たいそう潤沢にございますからね。ぜひお召しくださいな」

そう言って深々と礼をした才葉は、足早に来た道を戻って行った。

ご献上品、と言えば陛下へのものだろう。そういえば陸家《くが》の当主が、何か土産《みやげ》を、と渡していたような気がする。

（確かに高価なものだけど、そりゃ砂糖だけ贈られても困るか……）

あっちもこっちも砂糖が大量で、私ってば何の獣害について市場をチェックしてたんだか分からなくなってくる。こんなに砂糖があるんなら、そりゃ陸家は梅酒ぐらい作るわな……と思ったところで、

（梅酒……いや、あれ、みんなは梅の蜜《みつ》だと言ってたなぁ…………。……いや……まさかね……）

蘭月様達のように、垂氷様もお酒と知らずに梅酒を飲んでいたら……？

甘さに紛れて結構な度数があるから、数杯飲んだら相当酔えると思う……けど……。

あまり考えたくない嫌な予感に、紗耶の口元は引《ひ》き攣《つ》ったのだった。

（あれ、また人払いされてる……）

戸部の執務室に戻った紗耶は、がらんとした室内に小さく笑った。

「戸部尚書、また全員を駆り出しましたね」

「だってこれからお茶会なんでしょう？」

そう言って楽しげに丸眼鏡を押し上げた戸部尚書は、さっさと机の上の書類を片付け始める。そ

のいそいそとした様子に可笑しくなりながら、空いた場所に茶器を置いた。

「……それで、陛下はどこに行かれたんですか？」

本来であれば一番最初に用意すべき相手が、どこにも見当たらない。座っていたはずの場所には、椅子と、渡した焼き菓子だけが残っている。

「お呼び出し。さっき秋羅《しゅうら》将軍が来られてねぇ」

……はて。秋羅将軍といえば、確か南部統轄将軍だったはずだが……。

まぁ急務が入ることもある、と納得して頷《うなず》く。

「そうですか、わかりました」

「あぁ、でもすぐに帰ってくると思うよ」

そう付け加えた戸部尚書が、ひとつ、思いついたように意味有り気にこちらを見た。

「…………陛下がいなくてガッカリしたかい？」

「まさか。……あ、いえ、せっかく淹れてきた紅茶が冷めてしまうなぁとは思いました」

あっさりしすぎた本音を言い直してから、自分の分の茶器を用意し始めると、戸部尚書は口元に手をやって堪《こら》えるように小さく笑った。

「ふふっ……たぶん急いで帰ってくるだろうから、冷める程じゃないと思うよ。その焼き菓子が食べられなかったら拗《す》ねるだろうから、ちゃんと残しておいてあげてね」

「あぁ、はい。……そんなに甘いものお好きだったんですね……その割に、いつもあんまり食べませんけど……」

「あっはっはっはっは！　そうだねぇ、凄《すご》く好きみたいだねぇ」

そんなに喜んでくれるなら渡した甲斐《かい》があるものだ。……戸部尚書の含み笑いは引っかかるが。

「じゃ、先に飲んで待っていようか」

「そうですね……」

戸部尚書にもお好みで、と肉桂の粉末を渡し、自分の紅茶にも少しだけ入れてみる。

ほわんと甘い、独特の香り。

幼い頃《ころ》はあまり好きじゃなかったが、シナモンロールだけは大好きだった。そういえば髪を脱色した美容室でも、ミルクティーにシナモンを出してくれたなぁ、と思い出す。

そう。その美容室からの帰り道だったのだ。

こちらの世界に紛れ込んだのは――。

〈回想〉

その時、紗耶《さや》は美容院の帰り道だった。

（ひやぁーっ、やりすぎたかな……）

ショーウィンドウの鏡が視界に入る度に浮き足立ってしまうのは、見慣れない自分の姿のせいだった。

殆《ほとん》どホワイトプラチナに近いぐらいのストレートヘアに、シックなドレスシャツとパンツという自分的には限界突破の攻めたスタイル……。

ちょうど高校卒業後の春休みだったのだ。

幼い頃から肉親がいなかった紗耶は、同時に施設も卒業し、一人暮らしを始めたばかりだった。大学デビューを控え、就活が始まったら髪色で遊べないよー、と友人に誘われたことがきっかけで、カットモデルを引き受けたのだ。

背中の中頃まで伸びたストレートヘアは今までずっと真っ黒で、初対面の人はだいたい褒めてはくれたが、一回派手に染めてみたら？　という周囲の囃《はや》し立てる声に乗っかってみた結果がコ丶レ丶だ。

髪色で冒険する機会なんてもう無いだろうし、モデルさんになったみたいで面白いなーっと思ったのだが、美容院を出てしまうと他人の視線が気になって仕方ない。

（見慣れたら大丈夫なのかなー……）

周りは皆、絶賛してくれたし、カットモデルとしてもちゃんと撮影出来たようなので変じゃないとは思うのだが……。

（ダメなら暗めの色を入れてもらおう……）

そう決意しながら、大きなファッションビルの自動ドアをくぐり――、

「………え……？」

――広がっていたのは、草原だった。

（いやいや。嘘《うそ》でしょ……？）

慌てて振り返るが、今まで歩いていたはずのファッションビルなんて、どこにもない。

背後に広がっているのも、間違いなく、草原だった。

「…………っ」

喉《のど》がヒクリと引《ひ》き攣《つ》り、悲鳴を上げてしまいそうになるのを何とか堪《こら》える。

突然の理解不能な状況に、足が震えて力が入らない。

（え……なに、これ、どういうこと……）

人工物が何も見えない。

草花と、木と、澄んだ水が流れる川。

白い雲が浮かんだ青空に、燦々《さんさん》と輝く太陽。

「何処《どこ》よっ、ここ……！」

思わず出た言葉も、答えてくれる人なんて見当たらなかった。

それから暫《しばら》く、当て所《ど》なく歩いて分かったことがある。

まずは手持ちのスマホ。

もちろん圏外だった。それ以外の通信機器なんて持ってないから、ＧＰＳも使えないし、歩いて誰《だれ》かに助けを求めるしかない。

ということで歩き回った挙句、紗耶が足を踏み入れていた場所は、何かの作物を育てていた畑らしいと気付いた。

きちんと整備された畑ではなく、無造作に広い敷地を使っていたから、すぐには分からなかったのだ。

よく見ると遠くには細い畦道《あぜみち》もあり、その先には木造の小さな建物が見えている。

（あそこに行けば、誰か、人がいるかも……）

黒いパンプスはもう泥塗《まみ》れで、精神的にも体力的にも疲れ果てていたが、目的地が定まったことで少しの安堵《あんど》が見えた。

誰でも良いから人に会えさえすれば、家に帰れると信じて疑わなかったのだ。

……まさか、その集落の人たちと会話が通じないなんて。

その時は全く想像もしていなかった。

「××××？」

「え、ごめんなさい。もう一回……」

「××、××××！」

「えっと……ハロー？　チャオ？　……ニイハオ？」

「××××、××××××!?」

「……だめ……全然わかんない……」

出会った人達は、不信感も露《あら》わな金髪碧眼《へきがん》の数人の青年だった。

簡素なズボンに長い上衣を合わせ、腰帯で留めるという、明らかに現代日本に住んでいる人の格好じゃない。

その見た目だけでも衝撃を受けたのに、発せられた言葉も、全く理解できる言語ではなかったのだ。

一瞬にして押し寄せてきた、不安と絶望感。

やっと人に会えて、これで家に帰れると期待していただけに、その落胆は大きかった。

……だから、彼らの不穏な空気に、全く気が付かなかった。

「つきゃあ……っ!!」

突然腕を掴《つか》まれ、男たちが出てきた小屋へと引っ張られていく。

「×××！」

「やめてっ！　何を……っ」

抵抗なんて何の意味もなく、狭い戸をくぐらされ、中へと放り込まれた紗耶。

小屋の中は明かりもなく、埃《ほこり》っぽくて薄暗い何も無い狭い空間だった。……と思ったのに。

たたらを踏んで尻餅《しりもち》をつき、恐怖のままに顔を上げた先には、

「………誰？」

黒髪を高く結い上げた、美丈夫がいた。

「誰、だと………？」

耳に響く重低音は、初めて聞いたのに酷《ひど》く心地よく、何故か耳に馴染《なじ》むものだった。

呆《あき》れたような、でも何故かとても面倒くさそうな表情で小さく溜息《ためいき》を吐《つ》いた彼。

「どんな田舎で暮らしていたら、そんなことが言えるんだ……」

「田舎……って、それはこっちのセリフなんですけどっ」

何で初対面の相手に文句を言われなきゃならないんだ。

顔が良いだけに、思わず見惚《みと》れてしまった自分が口惜《くや》しい。

売り言葉に買い言葉の勢いで反論すると、彼は驚いたように声を詰まらせ、一拍おいてから吹き出した。

「っ……ははは。お前、この状況でよくまぁ威勢良く……」

そう言われて見ると、彼は比較的身なりの良さそうな服装をしている。にもかかわらず、手は後ろ手に縛られていたのだ。

どう考えたって、さっきの青年たちに捕まっているに違いない。

「……え、どういう状況……」

「見て分からんのか。俺は捕まっている」

「そりゃ見たから分かってます。何で私まで……ってことですよ」

貴方《あなた》が捕まってるのは私には関係ないのでー……とスルーすると、その反応に更に破顔する彼。

「ははっ、お前、本当にどんな山奥から出てきたんだ？　珍しい衣を着ているから、異国の人間か？」

「はいー？　いやいや、だからそれはこっちのセリフですって。ここ、何なんですか？」

「……何、と言われてもな……あいつらに聞け」

そう言って戸の方を顎《あご》でしゃくる彼。

（聞けりゃ苦労してねーよっ！）

と内心ツッコミを入れたところで、そういえば彼とは会話できていることに気付いた。

（黒髪で黒目だし、この人は日本人……？　いや、でもイケメン過ぎるし、服装も……）

こんなボロい小屋が全く似合わない程、どこか気品の溢《あふ》れた姿に、落ち着き払った態度。

大学にいたら女の子で人だかりが出来てそう……なんて考えながら見つめていると、彼の形の良い唇が開かれた。

「……で、お前は何をしたんだ？　最初、俺の側《がわ》の黒衆かとも思ったが、そうではないらしい。となると、俺と一緒に捕まるなんて、相当まずい事態だぞ」

「は……黒衆……？　まずい事態って……何それ……もう意味わかんないんですけど……」

「……本当に心当たりが無いのか……。お前、名前は？」

少し思案した彼の、澄んだ黒色をした双眸《そうぼう》が、まっすぐに紗耶に注がれた。

心の中までをも見透かすような、明け渡したいような、不思議な感情に揺さぶられて戸惑う。

「……あ、紗耶……です。京終《きょうばて》、紗耶」

微《かす》かに唇の端を引き上げた彼が、低い声音で、柔《やわ》く、紗耶の名を呼んだ。

「紗耶、な」

その瞬間。

ぶわっ、と総毛立った。

この感覚が何なのか、言葉に表すことなんて出来ないけれど。

ただ、名を呼ばれた瞬間に、紗耶こそが捕らえられた気がしたのだ。

「………貴方、は？」

「俺か……俺は暁雅《ぎょうが》だ。玄《げん》、暁雅」

「……暁雅……」

初めて呼んだ名前のはずなのに、何故かとてもするりと馴染む、音。

彼の方も、紗耶が名前を口にした瞬間、ハッと、何かを感じたかのように目を見張った。

そして真剣な眼差《まなざ》しで紗耶を見つめる。

「……お前は……」

そう呟《つぶや》いた暁雅は、チラリと一瞬、紗耶の頭部を見つめ、それから眉間《みけん》にシワを寄せた。

「……何――……」

何ですか、と、紗耶が続きを問おうとした時。

『××××……！』

『×、×××××‼』

戸の向こうから慌ただしい怒声が聞こえてきた。

切迫した状況らしいが……しかし、何を言っているのか分からない。

どうしたのかと暁雅に視線を戻せば、

「っ……魔獣だと……っ⁉」

焦燥の表情をした彼が、縛られていた筈《はず》の縄をパラリと解《ほど》き立ち上がった――。

「…………は…………？　ええええっ⁉　ちょ、え、捕まってたんじゃないのっ⁉」

「本当に縛られているわけないだろう」

そんな間抜けな……なんて、シレッと言い切った暁雅が、素早く壁へと向かい耳を澄ませる。

外の様子を窺《うかが》っているらしい。

キビキビとした動作で何かを確認した彼は、戸口に立つと紗耶を振り向いて唇に指を当てた。

「静かにしていろよ」

そう言うと、戸惑う紗耶なんておかまいなしに大胆に扉へと体当たりをし始めたのだ。

「え……え……？」

突然の急展開についていけず、間抜けな顔で見つめる紗耶。

その間にも、ガンッ、ガンッ……という衝撃が小屋の中に反響し、そして少しして、木が折れるような音と共に、陽光が入り込んだ……。

「××！　×××××‼」

「悪いが、もう必要なネタは仕入れたんでな。いつまでも付き合ってやる義理はない」

「×××‼」

戸をぶち破った暁雅に、気付いた男の一人が慌てて飛びかかってきた。

が、顔色ひとつ変えないままに、一撃で昏倒《こんとう》させた暁雅。

「すご……てか、じゃあ何で捕まってんのよ………」

思わず呆れた声が漏れてしまったのだが、しっかり暁雅にも聞こえていたらしい。

「こちらの事情だ。……他の奴《やつ》に気付かれる前にさっさと逃げるぞ。魔獣がくる」

ずかずかと歩み寄ってきた彼が、紗耶の二の腕を掴んで引っ張り上げた。

「へ……ちょ……靴が……！」

「我慢しろ。喰《く》い殺されたいのか？」

「でも………まって、ゆっくり……っ」

足の長さからして違うのだ。

大股《おおまた》な暁雅の早歩きでも、引き摺《ず》られるように付いていくのがやっとの紗耶。

パンプスは両足とも脱げ、持っていたカバンも小屋の中に落としてきてしまった。

こんなわけのわからない場所で、身元を証明する所持品を全《すべ》て失ってしまう事に大きな不安はあったが、それよりも『喰い殺されたいのか』という脅しの方が恐ろしかったのだ。もしかしたら野生の猛獣でも生息してるのかもしれない。

小屋を出て、背の高い雑草が多く生えた場所へと走っていく。

背後を振り返れば、遠くに見える、何か……野生の……鳥……？　それから、逃げ惑う男たち。

「あれ……何……」

「鳥型の魔獣だな。群れで狩をする。獲物に定められたら、群れごと薙《な》ぎ払《はら》わない限り助からん」

「……っ……人がっ……！」

紗耶の見ている視線の先で、大きすぎる異形の鳥が禍々《まがまが》しい牙《きば》の生えた大口を開けて、全速力で逃げる男の右肩を喰《く》らったのだ。

鮮血を吹き上げ、地面を転げる男。

「ひっ……！」

「見るな。前を見て走れ」

「……でもっ、あのままじゃ……！」

「お前を殺そうとしていた男たちだぞ？　魔獣に襲われるのは、自然淘汰《しぜんとうた》の一つだ」

「……そ、そんな……」

痛々しいほどの絶叫に、耳を塞《ふさ》げない。

異形の鳥たちは聞いたこともない鳴き声を上げながら、地面に倒れた男へと嘴《くちばし》を向け……。

「紗耶！　……見るな、聞くな」

暁雅の逞《たくま》しい腕が、紗耶の肩を抱きしめた。

ぎゅっと抱き寄せる肌の温《ぬく》もりに、恐慌しそうだった頭がギリギリのところで保たれる。

紗耶も、暁雅に隠れるように身を寄せながら何とか足を動かし続けた。

しかし、

（早く……あの魔獣から、もっと離れないと…………）

……背後の異形の鳥にばかり意識を取られていたせいで、前方の警戒が疎《おろそ》かになっていた。川縁《かわべり》まで辿《たど》り着《つ》いたと同時に、

「××！　×、×××！」

「くそ……っ！」

突然、茂みの間から、男たちの仲間と思われる人影が出てきた。

必死の形相で鋭く尖《とが》った木の棒を暁雅に向けて振りかざし――！

「…………っ！」

至近距離からの攻撃は、暁雅を狙《ねら》ったものだった。

しかし、それは身を寄せる紗耶に向けられたも同然で。

殺意にさらされる経験なんてある筈のない紗耶は、恐怖で身を竦《すく》める以外、何もできなかった。

「××××！」

「ぐ……っ！」

「……暁雅っ⁉」

突然、力強い腕に抱え込まれた、と思ったら視界が塞がれた。

凶刃から守るように、暁雅が紗耶を抱き竦めたのだ。

酷《ひど》く安心感を覚える温かさに一瞬だけ身体《からだ》の力が抜けた、が、衝撃を受けたようにビクリと震えた暁雅に、焦って身体をよじる。

「ちょっ、だめ……！」

「×××⁉」

「××、××！」

木の鋭い先端が、暁雅の左腕に刺さっていたのだ。

赤い血が滴りながらも、紗耶を抱き竦める男の腕は解けない。

「暁雅っ！」

「煩《うるさ》い、お前は口を閉じておけ」

大したことはない、とでも言いたげな冷静な顔で、無造作に木の棒を掴んだ暁雅。

何をするのかと、嫌な予感に口元が引《ひ》き攣《つ》る。

「……く……っ」

「ば、馬鹿っ、何やってるの……っ！」

「離れていろ」

案の定、刺さった棒を力任せに引き抜いた暁雅は、その勢いのままに男たちへと向かって行った。

まるで左腕の負傷なんて、ハンデにすらならないとでも言いたげに。

「×××！」

「遅いっ！」

「×、××！」

的確かつ無駄のない動きで、相手を倒していく暁雅。

そのまま最後の一人に拳《こぶし》を入れた——その時、

「……っ魔獣が……っ‼」

「伏せろ！」

突然、空を覆う巨大な鳥が、二人を目掛けて飛来したのだ。

鋭い牙を剥《む》いて襲いかかる魔獣……。

昏倒した男たちを捨て置いた暁雅が、庇《かば》うように紗耶を押し倒した。

「…………っ！」

「きゃぁぁあああっ‼」

頭上ギリギリを通り過ぎる、魔獣の羽。

髪を乱す風圧と共に、むわりと生臭い匂《にお》いが鼻につく。

安堵《あんど》の吐息を零《こぼ》す暇もなく、旋回する羽音が聞こえて身を固くした……のだが、

「つなんだ⁉」

驚愕《きょうがく》の声を上げた暁雅が、紗耶を抱き締める力を緩めた。

それにつられて顔を上げた紗耶の目に飛び込んできたのは、

「……大型犬……？」

「いや、あれも魔獣だろう……が……」

巨大な鳥を食い散らすように、一匹の大きな獣が飛びかかっていたのだ。俊敏に地面を駆けながら、鋭い牙を剥いて何枚もの羽を散らしていく……。

これが、一縷《いちる》との出会いだった。

「縄張り争い……いや、助けてくれているのか……？」

まるでこちらを窺いながら鳥達を退けていく気配に、怪訝《けげん》そうに呟いた暁雅。しかしすぐに、悠長にしている時間はないと判断したのか、紗耶の手を強く引いた。

「今のうちに川を渡るぞ……っ！」

「えぇっ、ちょ、私泳げな……」

（真水でしょ⁉　着衣でしょ⁉　絶対無理じゃん！　死ぬやつじゃん‼）

なんて抗議する暇もなく。

背後に新たな追っ手の影が見えてしまえば躊躇《ためら》う余地すらなく、手を引かれるままに冷たい水の中へと進んだ。

なんとなく、この男であれば信頼できると思ったのだ。しっかりと腕を掴《つか》む力強さに、見捨てられることはないだろう、と。

そして、水の流れに身を任せるように流されて行くうちに、いつの間にか気力は尽きて……。

気が付いた時には、この男の端整な顔がドアップだった。

はぁ⁉　と思った瞬間、派手に咳き込み、涙目で見た周囲の光景もまた理解が追いつかなかった。

武装した兵士のような男達が何十人も、ずぶ濡《ぬ》れの紗耶達を取り囲み、その中でも大層な格好の男が暁雅に膝《ひざ》を付いたのだ。

「陛下っ、ご無事で」

その言葉に鷹揚《おうよう》に頷《うなず》いたのは、もちろん目の前にいたこの男で。

再び、はぁ⁉　と声に出してしまえば、そりゃあもう注目の的だった。

しかも「この状況では帰せません」とか、「非常事の措置だ、なんて事はない」とか、暁雅と兵士らの間で言い合いが始まり……。（紗耶的には意識がなくて幸いだったのだが）人工呼吸をされていたらしく、それが臣民らとしては非常に問題なのだという。

……本気でこの人、王様なの……？　という疑問が顔に出ていたのか、不敬だと睨《にら》みつけられ、最終的には紗耶に身寄りがないことがバレて後宮送りが決まってしまった。

そりゃあ勿論《もちろん》、抗議はしたさ。

普通に意味がわからないし。何するのかもわからないし。なんか凄《すご》く怪しいし。ていうか殆《ほとん》ど結婚じゃん、って。

でも暁雅が大きく溜息《ためいき》を吐《つ》きながら、『ここの後宮は飾りだ。適当に暮らせばいいさ』と言ったのだ。その投げやりな態度がとても気になって……思わず頷いていた。

よく考えれば、こんな完全にファンタジーな異世界で、一人で生きていけるわけがないのだ。ならばこの人を信じて、流されてみるしかない、と思ったのだ。

その後、川の水で毛並みを清めてきたらしい一縷が、そっと側《そば》に寄ってきてくれた。周囲はもちろん、魔獣の出現に恐れ慄《おのの》き、一瞬で張り詰めた空気になった……のだが、紗耶だけは違った。施設にいた時、凄く懐いてくれていたワンコを思い出したのだ。こんなにも凛々《りり》しく、猛々《たけだけ》しい姿ではなかったが、それでもじっと見つめてくる瞳《ひとみ》がそっくりだったのだ。言葉は通じなくとも、寄り添ってくれる気持ちが伝わる、不思議な瞬間だった。

だから後宮に行くなら一縷も一緒に、と懇願し、結果、魔獣だろうと評した暁雅……いや、陛下自身が周囲に、『大型犬だ』と断じてくれ、何とか一緒に連れて行ってもらえることになった。で。

与えられた後宮の宮では、本当に何もすることもない暇すぎる毎日が待っていた。最初はこの国の知識を貪欲《どんよく》に吸収していた紗耶も、持ち前の記憶力で早々に読む本が無くなれば、それ以上出来ることはなく。

これは病むわ……と宮の外を散策していて、偶然見つけた抜け穴から脱出して官吏の登用試験を受けて……。

そんなこんなで今があるんだよなぁー……と懐かしい感傷に浸る。

肉桂《にっけい》の甘く独特な香りが、最近全く感じなかった郷愁を誘ったのだろう。

温かい紅茶に、ほぅっと息を吐き、同じくひとときの休息を楽しんでいる戸部尚書《こぶしょうしょ》を見た。

「肉桂、如何《いかが》ですか？」

「うん、美味《おい》しいね。いつもの紅茶がまた違う香りになって面白いよ。紗耶くんの生まれた場所では、皆こうやって飲むのかい？」

紗耶を、常識の通じない程遠くの山奥育ちだと認識している戸部尚書が、物珍しそうに聞いてくるのに笑った。

「いいえ、私の住んでいた場所でも、好みが分かれますね。飲み物に入れるよりも、焼き菓子などの香り付けに使う方が多いかもしれません」

「へぇ、菓子に……それはまた興味深いね」

「甘い菓子に入っていると、結構美味しいんですよ。この辺りの菓子店には無さそうなのが残念ですが……」

そう言いつつ肉桂の入った袋を見つめれば、

「…………郷里が恋しいかい？」

少しの感傷を見透かされてしまったらしい。

交通の便が発達していないこの世界では、宮仕えになった時点で、遠方出身の人間は親の死に目にも会えないのが普通だ。紗耶には既に肉親と呼べる存在はいなかったとはいえ、友人はいたし、施設の人は本当の家族のようだと思っていた。

もう会えない、と言われて、寂しくないわけがないのだ。しかし、

「……私は薄情なんでしょうね。この立場を手放したくはないのです」

何がそこまで紗耶を留めるのかわからない。だけれど、初対面から身を挺《てい》して守ってくれた皇帝陛下を、『ここの後宮は飾りだ』と断じながらも国のために尽くす唯一無二の皇帝陛下を、すぐ傍《そば》で支えたいと思ってしまったのだ。

そんな紗耶の言葉に、少し切なそうな表情をした戸部尚書が、一度深く頷いた。

「有難う、紗耶くん。どうかこれからも、『日輪の君』の力になって差し上げてね」

「……はい、私で出来ることでしたら」

神妙に返事をした紗耶に、戸部尚書が表情を和らげた。

「ふふふ、大丈夫だよ。そのまま普段通り、気楽に付き合って差し上げなさい。陛下もそれをお望みだからね」

「……部下に適当な扱いをされて喜ぶなんて、ホント変な人ですね……あ、本音が……」

「あっはっはっはっはっ！　……いやー、陛下の先は長そうだなぁ……」

「はい？」

「――俺が、何だって？」

扉の開く音と共に聞こえた低く響く美声に、思わず肩が跳ねる。

「陛下っ」

「おや陛下、お早いお戻りで」

「……踏青《とうせい》……変なことを紗耶に吹き込むなよ?」

「信用ないですねぇ。こんなに粉骨砕身お仕えしておりますのに」

「その笑顔が信用ならないんだ」

あからさまに不審気な顔をしながら歩いてきた陛下は、紗耶の隣の椅子を引くと、どっかりと腰を下ろした。

どことなく疲れた雰囲気で机に肘《ひじ》を突《つ》く姿は、男らしい色気が含まれているようだった。陛下と相見《あいまみ》える機会の少ない、下級の官吏や宮女達であれば、身動きするのも忘れて見惚《みと》れたのちに、その鋭い視線に射抜かれて平伏するに違いない。『皇帝陛下』という称号をただ持っているだけじゃない、その存在感と迫力に、殆どの人間は自然と自らの膝を折るのだ。

だが、この部屋にいるのは、そんな圧を全く意に介さない二人である。

「何だかお疲れのご様子ですね……」

「緊急のご報告は、宜《よろ》しかったんですか?」

至って普段通りの紗耶と戸部尚書の言葉に、憂慮の色を映した瞳が見返した。

「……四回目の獣害が、発生したらしい」

〈夜半の帰路〉

田駕《たが》州で四度目の魔獣被害……。

それは陛下にとって、いや国にとっても頭の痛い報告で。新たに寄せられた報告書には、今回の甚大な被害の詳細が記載されていた。

復旧しかけていた砂糖倉庫が再び壊滅的な被害に遭い、新たに別の棟までもが襲われたそうだ。もちろん物的な被害だけではなく犠牲になった農民もいるようで、国に多額の支援金が要望されている。

本当に被害があったのか疑わしく思っていた紗耶《さや》だったが、ここまで大きな問題になっていれば疑問の余地もないだろうと認識を改め、明日、再度城下の調味料店に影響がないか聞きに行くことにした。

とりあえずまずは直近で裁可の必要な案件を片付けてから出ていくべきだろう、と、陛下が戻ってからは猛然と仕事を終わらせた紗耶。文字の書きすぎで若干痛い指を揉《も》み解《ほぐ》しつつ、明日は早朝から城下に降りる予定にしているが、何時頃出発しようか……なんて考えながらの帰路だった。念の為、先に帰られていた戸部《こぶ》尚書宛に、城下へ調査に向かう旨を書き置いてきたが、部下にももう少し細かく引き継ぎをしておいた方が良かっただろうか……。

まだまだ思考は仕事中のまま、いつものように抜け道を使って後宮に戻ろうと歩いていた紗耶は、その手前で、大きめの壺《つぼ》を抱えた下働きらしい男と遭遇した。

もうすっかり日も沈み、月明かりだけが頼りの時間だ。こんな夜更けに、こんな敷地の端の端で人に会うのは本当に珍しい。

仕事終わりで人気《ひとけ》もなく完全に気を抜いていた紗耶は、ギョッとして側《そば》の木に身を隠した。

幸い、男は紗耶に気付かなかったらしく、重たそうな壺を抱えてどこかへと歩き去っていった。

……そこまでは良かったのだ。まぁ、少し驚いたが、自分だって日没をとっくに過ぎてまで働いていたのだから人のことは言えない。

しかし、いざ抜け道を通ろうとして、今度は固まらざるを得なかった。

(……う、梅の実……!?)

深い茂みのお陰で崩れた石壁が全く分からない、紗耶のとっておきの抜け穴に、なぜか少し萎《しな》びた梅の実が落ちていたのだ。

恐る恐る拾い上げてみると、若干湿っていて、何より、

(甘い、匂《にお》い……)

偶然足で踏まなかったら絶対に気付かなかっただろうが、見つけてしまったものはもしかしたら……いや、もしかしなくても、砂糖で漬けられた後の実に違いない。

(ほのかにアルコールの香りもしている気がする……)

流石に舐《な》めてみる気にはならず、少しの間、実を手に持ったままどうするかを思案した。

この湿った感じは、落とされてから間も無いはずだ。今日は一日中良い天気だったから、長時間経《た》っていればもっと乾燥しているだろう。

先ほど目にした、大きな壺を抱えた男なんかが怪しく見えてしまうが……。

(私以外に抜け穴を使って、後宮の外に梅の実を運んでいる人がいるってこと……?)

そう考えると、すぐに思い浮かぶのは陽陵《ひりょう》様だ。後宮内で梅を砂糖漬けしている人物なんて、他には考えられない。

……そういえば数日前の朝にも、ここを抜けた倉庫のあたりで、陽陵様と出会ったことを思い出した。あの時、甘いお酒の香りがしていたのは、もしかして飲んでいたわけではなく外へと持ち出していたから……?

(……結局、陽陵様自身は、お酒だと知って周りに振舞っているんだろうか……)

何のために……?

いや単純に、自分より上位の人間を蹴落《けお》としたいという、後宮内の権力闘争という線であれば簡単に想像できる。好意として贈っておいて、あわよくば酔って自滅してくれたらラッキー、的な……?

垂氷《たるひ》様がもし梅酒を贈られていて、それと知らずに飲み過ぎたとしたら……、結構簡単に泥酔したかもしれない。そして後日、贈り物の梅酒が怪しいと言い出せば、陽陵様の元に調べが入る。その時に残された梅の実が見つかれば、誰かが酒精の香りに気付き、原因は特定される……。

そこまで考えれば、危険を冒してでも外に運ぶ必要は理解できる。が、その場合、外にも協力者がいて、しかも外朝を好きに歩き回れるポジションにいるはずで……。

（……いや、そもそもどうやって、大量の梅酒を後宮内に持ち込んでいるんだろ……）

ただの梅シロップならば、内侍省《ないじしょう》を経由しても容易に手元に届くはずだ。飲食物の贈答なんて日常茶飯事だし、少し頻度が高くても、誰《だれ》も気にも留めない。

しかし、お酒となると簡単じゃない。後宮での規則として、酒量については度を越さないように制限があるのだから、陽陵様が公然と大量に所持するなんて不可能だ。

内侍省が検閲もせずに物を受け入れるというのも考えにくいし、だからと言って、不正なルートから入手したものを、あんなおおっぴらに配るというのも考え難い。

つまり、
であれば、検閲しても問題がなかったのだ。

（アルコール発酵する前の状態で持ち込んで、梅酒の状態になってから振舞った……とか……？）

そうだとしても、疑問は残る。

四夫人ほどの人にもなると、飲食物は必ず毒味されているのだ。蘭月《らんげつ》様の分だって、ちゃんと後ろにお毒味役が控えていた。

そんな状況で、毒味役にもスルーされるなんて都合のいいこと、あるんだろうか……。

（……うーん……。…………後宮の寵愛《ちょうあい》争いって怖…………）

自分みたいな存在感皆無の妃《きさき》には無縁の世界で良かったー、と他人事《ひとごと》のような感想で考えることを放棄した紗耶は、ひとまず、この梅の実は見なかったことにしようと心に決めた。

明日は田鴛州の獣害について、実態をきちんと調べ上げないといけないのだ。今、紗耶的に全く関係ないご寵愛争いに、首を突っ込んでいる時間なんて無い。

（……てか、争うような寵愛なんて、ありましたっけ……？）

陛下の実情を知っている身としては、徒労感は否めなかった……。

〈工部侍郎〉

翌朝。

まだ太陽が昇りきっていない明け方から、抜け穴をくぐって尚書省《しょうしょしょう》にやってきた紗耶《さや》は、敷地内の官舎へと向かっていた。

官舎とは、官吏の為《ため》に用意されている宿舎で、近隣に家を持たない官吏達が生活している独身寮のようなものだ。もちろん紗耶にもちゃんと一部屋が用意されており、男物の衣服の管理や雑貨類の保管に非常に重宝している。

今日は城下を歩きやすいように、官服から簡素な衣へと着替えておこうと寄ったのだった。

割り当てられた部屋は、寝台と棚があるだけの飾り気の欠片《かけら》もないもの。特に持ち込むものなんて無い紗耶の室内は非常に質素なものだ。

紗耶は、手早く服を選び着替えると、官帽で隠していた黒髪を少しくすんだ手拭《てぬぐ》いで巻いて後ろで結んだ。三つ編みにしておいた金髪を片方の胸元へ流せば、準備完了である。

小銭を入れた巾着《きんちゃく》を胸元に忍ばせ、よしっ、歩くか、と気合を入れて部屋を出た……ところで、

「——おや、戸部侍郎《こぶじろう》」

「工部《こうぶ》侍郎……!? お、おはようございます……」

偶然にも廊下で鉢合わせたのは、紗耶が苦手としている工部侍郎だった。

驚きを隠せていない紗耶の挨拶《あいさつ》に小さく吹き出した彼は、それから興味深そうに目を細めた。

「もう体調は戻ったみたいだねぇ」

「その節はご迷惑をお掛けいたしました……。お見苦しいところを……」

恥じ入って頭を下げる紗耶に、一つ頷《うなず》いて納得したらしい工部侍郎。しかしその動きは緩慢で、どことなくまだ夢心地な雰囲気だ。

というのも、彼は見慣れた官服姿ではなく寝衣のままで、長く垂らした茶色の髪には寝癖がついてうねっている。どう見てもただの寝起きだ。なのに寝乱れた格好と眠そうな目線があいまって、独特の色気があるのだから凄《すご》い。

「工部侍郎はどうされたんですか。こんな早朝に官舎におられるなんて……」

工部侍郎は城下に大きな屋敷を構えている、本当のお貴族様なのだ。こんな簡素すぎる官舎で寝起きしなくても、ちゃんと送迎付きで出仕できるはずなのだが……。

「……昨夜は色々と面倒でね……」

ふぁあ……と欠伸《あくび》を噛《か》み殺す工部侍郎は、本当に面倒臭そうに息を吐いた。

「帰ったら屋敷には奥方候補が何人もいて、宴席が始まるんだよ。鬱陶《うっとう》しいことこの上ない」

「……あぁ……それは大変でしたね……」

「ただの宴《うたげ》なら遊べるものを……。奥方候補だ、と親同伴で差し出されるなんて興醒《きょうざ》めもいいところだろう？」

「えーと……はい、そうですねぇ……」

（いやいや、返答に困るわ……）

貴方《あなた》の婚活事情なんて興味もございません、と心の中で呟《つぶや》きつつ、部屋の扉を閉める。

「そういう君はどうしたんだい？　そんな可愛《かわい》らしい格好をして……寝衣には見えないけれど」

「可愛い……って、城下へ行くのに官服だと目立ちますから……」

「城下に？　今からかい？」

チラリと周囲に目をやり、まだ早朝だと確認したらしい工部侍郎が眉《まゆ》を顰《ひそ》めた。

「はい、市場を確認する必要がありまして。早朝の方が売買も活発でしょう？」

「それはそうだが……なにも君が行かなくても誰かに行かせれば良いだろうに。一体何の相場を気にしているんだい？」

「……そうですね……工部侍郎がご存知《ぞんじ》かわかりませんが、魔獣による獣害で砂糖が品薄になる見込みなのです」

砂糖の高騰による混乱を防ぎたい旨を告げると、男は顎《あご》に手をやって、小さく声を出した。

「あぁ……アレか。こっちでも田鴐《たが》州南部の農地整備について、計画を立て始めているよ。昨日《きのう》もまた荒らされたんだって？」

「そのようです。急ぎ、状況を確認したいと思っておりますので、申し訳な――」

いのですが……と、その場を辞そうとした、が、

「――あぁちょっと待って。ちょうど良かったんだ」

なぜか有無を言わさない笑顔をした工部侍郎が、紗耶へと詰め寄った。

「………へ？」

「着替えを手伝ってくれないか？　ついでに髪も結ってくれ」

恐ろしく迫力のある流し目に、思わず身体《からだ》を反らして距離を取った紗耶。

気怠《けだる》げな色気で、人を惑わしかねないお願いをする工部侍郎は、殆《ほとん》どの女性が見入ってしまうだろう完成された美の化身だ。きっと常であれば、指名された者は男女問わず、惚《ほう》けたままフラフラと望み通りの手伝いをしてあげるのかもしれない。

が。

「……では、どこかで宮女をつかまえて来ましょう」

いたって涼やかに、あっさりと断った紗耶。その表情には微塵《みじん》も動揺はなく、痛快なまでに平静だった。それよりも、

（男も女も節操なしかい……！）

紗耶的にはそっちの奔放さを咎《とが》めたい。そりゃお家の人達も落ち着かせるために奥方候補を送り込むわ……。

「今すぐお部屋に向かわせれば宜《よろ》しいですか？」

「………」

美形ならば、陛下で見慣れている。今更この程度で、戸部侍郎としての鉄壁のペースを乱されるような浅い経験値じゃないのだ。

まるでただの雑談を切り返すように躱《かわ》した紗耶に、虚を突《つ》かれたのは工部侍郎である。固まったように一拍を置いてから、フッと口の端を緩めた。

「……合格……」

「はい？」

「いいや。そうだね、部屋に呼んでくれると助かるよ。悪かったね、忙しいところを呼び止めて」

「いえ、私こそ先日はお手間をお掛けしましたので……」

さっきの空気はなんだったんだ、と言いたいぐらいに、あっさりと雰囲気を緩めて引き下がる工部侍郎に、紗耶の方が戸惑う。普段なら面倒なぐらいに自分のペースを崩さない人なのだ。この手応《ごた》えのなさが逆に気持ち悪い……なんて思うのはさすがに失礼だろうか。

何故か満足そうな笑みを浮かべている工部侍郎を訝《いぶか》しげに見つめれば、何かを思いついたようにその口が開いた。

「……あぁそうだ。先日といえば、このあいだの不正な決裁書、裏には田駕州《たが》の地方官が絡んでいるようだよ。詳細はまだ取り調べているところだけどね」

突然の話題に何の事か一瞬考えた紗耶だったが、熱で倒れた日の決裁書を思い出して唸《うな》った。

「あぁ……あの記載不備なのか意図的な改竄《かいざん》なのか怪しかった……」

瞬時に、書類に記載されていた数字を呼び起こす。田駕州の官吏が絡んでいたというならば、差額として発生していた相当な額の過剰金が、その担当者……もしくは田駕州に流れ込んでいる可能性が出てきた。

魔獣による損害で対応に苦慮しているのも田駕州だ……。タイミングを考えてしまうと、田駕州は一度きちんと調べ上げないといけないだろう。

（……てか。今までの会話の中でコレが一番の本題でしょうが……）

まるで思いつきの噂話のように話す工部侍郎は、らしい、と言えば彼らしい。

「田駕州を追及するような事態になるなら、必ず武官を連れて行きなよ。……あそこは、何かありそうだからね」

緩い雰囲気の瞳《ひとみ》の奥に、真剣な色が交じる。

自身の仕事で手を抜くことがない工部侍郎が、田駕州を怪しいと踏んだのだ。その評価を紗耶が軽んじるわけがない。

真《ま》っ直《す》ぐ見つめ返し、小さく頷いた紗耶。伝わったと感じたらしい工部侍郎は、ふわりと踵《きびす》を返して片手をあげた。

「じゃあ、宮女を待っているよ。……出来れば、慣れた高齢の宮女がいいな」

「ふふっ……はい、なるべくご希望に叶《かな》うように声を掛けてきます」

率直すぎる要望に笑って頭を下げた紗耶は、颯爽《さっそう》と衣の裾《すそ》をさばいて歩き出した。

視線はまっすぐに、そして頭の中ではめまぐるしく、田駕州に関する数字を様々に繰り広げながら廊下を歩いていったのだった……。

＊＊＊

そして同じく、紗耶と別れ自室へと足を向けた工部侍郎。

しかし数歩歩いたところで、チラリと後ろを振り返った。

視線の先には背筋を伸ばして歩いていく、戸部の氷華……。

「……惜しいね……あれで色無しじゃなければ……。いや、それでも『日輪の君』に半身を求める声は止《や》まない、か……」

その表情は冷静すぎるものだったが、瞳には微《かす》かな憂いが含まれていた。

〈市場調査二〉

尚書省《しょうしょしょう》の大門を出てすぐ、目の前に広がっているのは、城下で一番の大通りだ。

朝の準備を始める者たちが少し肌寒そうにしながらも活気よく働く姿は見ていて気持ち良い。どこの世界でも、商売人は働き者だ。

爽《さわ》やかな空気に足取りも軽く、紗耶《さや》は日中より人通りの少ない道を歩き出した。

「――これは……だから……なら買い取ろう」

「いやいや、余所《よそ》だったらこのぐらいで……」

「じゃあこの額なら……もしくはその屑《くず》野菜と交換でもいい――」

「――よし成立だ」

生鮮食品を扱う店が、軒並み開店を始めた時刻だった。農家や商人が、採れたての野菜や果物なんかを店に卸しにきている。

(早過ぎるかと思ったけど、もう結構お客さんが来るんだなぁ……)

物珍しさに何度も足を止めては観察してしまう紗耶。こんな時間に城下にいるなんて、初めての経験なのだ。……というか、そもそも本来なら後宮から出られない身。こうして外を出歩いていること自体おかしい話なのだが、まぁ、それは全力で棚に上げておく。

時折、客引きなのか何なのか、男女問わず声を掛けてくる人がいて鬱陶しかったが、それも街を歩く一つの要素として楽しめば問題ない。

適度にあしらいつつ歩くこと暫《しばら》く。

ようやくこの前の調味料店を見つけた紗耶。

やはり徒歩だと結構な時間がかかってしまった。普段、後宮と尚書省の中だけで生活しているから、体力の無さが顕著だ。もう少し運動しないとなぁ、と思いつつ、調味料店の近くで足を止める。

店先ではこの前、肉桂《にっけい》を粉末にしてくれた店主が、何かを仕入れている最中だった。農民風な男から木桶《きおけ》を受け取ると、奥の台にひっくり返し、空になった木桶と共に代金を渡している。

それが済むと、今度は次に並んでいた前掛け姿の男から何か注文を聞いたようだ。大きめの笊《ざる》に、大豆の発酵調味料を数種類入れて渡すと、代金を受け取ったらしい。客はどこかの料理店の使いなのだろう。

店主の忙しそうな様子に、紗耶は仕事の邪魔になってはいけないと、近くの木に凭《もた》れかかった。人並みが途絶えたら声を掛けてみようかな……と思っていると、次は台車を引いた男が何かを卸しに来たようだった。

すぐに気付いた店主が笑顔で迎え、男が台車の中を見せながら何かの商談を始めたのだが……途端、恐ろしく険しい表情をした青年が、二人の間に割って入った。金髪を短く刈って、少し粗末な身なりをしている、だいたい二〇ぐらいの青年だ。

何だろうと見ていると、青年は台車の中を見て声を上げ、何かを激しく捲《まく》し立《た》て始めたのだ。そしてオロオロする店主を押し退《の》け、台車を遠ざける男に掴《つか》みかかろうとしているのを見て、紗耶は慌てて駆け寄った。

「——っこっちにも売ってくれなきゃ困るんですよっ！」

「だぁから、それはこっちにも事情があるっつってんだろ……」

「それが何だっていうんだっ！　売り渋りのおかげで、俺は働き口を無くしたんだ！　なのにっ、城下へ来てみたら……っ！」

胸ぐらを掴んで激しく詰め寄る青年に対して、台車を背に構える男。

その台車には一体何があるのかと覗《のぞ》いて見れば……、中には封のされた壺《つぼ》が数個入っていた。その内の一つは、店主に見せる為《ため》か封が開いていて、薄茶色い塊が確認できる。これは、もしかすると……。

「だぁからぁ、砂糖は魔獣に襲われて足りてねぇんだよ。俺たち砂糖商だって困ってんだ」

「嘘《うそ》だっ！　城下に卸す分がこんなにあるんなら、他の州に少しぐらい分けてくれたっていいじゃないかっ。倍額でも買うって言ってるのに、この店主には相場のままだって⁉」

「これは城下に卸す分って上が決めてんだよ。田舎モンは黙ってろっ！」

そう言って砂糖商の男が、しつこく詰め寄る青年を強く押し退けた。その拍子によろめいて地面に尻餅《しりもち》をつく青年。彼は話の流れから推察すると、他の州で砂糖を扱う商売をしていたらしい。

ここの店主だけは話が見えず、オロオロとしていたが、状況が掴めた紗耶は、その細い眉を顰《ひそ》めて、瞬時に思考を巡らせていた。

（砂糖の品薄は、他の州にシワ寄せがいっていた……？　となると、非常に意図的よね。国全体として価格が高騰するより、ある意味悪い……）

魔獣の被害による影響を城下には悟らせず、地方を見捨てることで保たせていた、ということなのだ。どんな理由での操作なのか全く見当はつかないが、誰かの思惑が動いているのは間違いない。

「なんだよ……じゃあいいです、この店に売ってください。俺がそれを全部買い取りますからっ」

「馬鹿か、殆どは売り先が決まってんだよ。なぁ店主」

「……え、ぁ、はい、そうですね。菓子屋とお貴族様で殆ど……」

「っ、どこの貴族ですか⁉　直談判《じかだんぱん》しに行きます！」

「えぇえっ、そんな事はとてもとても……」

二人の間に挟まれた店主は、対応に苦慮して困惑顔だ。両手を前にして宥《なだ》めるような動作をしながら、助けを求めて周囲を見渡した。

――その視線が、紗耶とぶつかった。

「……――あぁっ！　これはこれは、以前、肉桂をお買い上げくださった……っ！」

誰《だれ》でもいいから話題を逸《そ》らしてくれ、と言わんばかりの笑顔だ。

この騒動に介入して良いものか判断がつきかねていた紗耶にとっては少し不意打ちだったが、このまま傍観しているわけにもいかないだろうと、腹をくくって足を踏み出す。

「おはようございます、店主。肉桂の粉末、紅茶に合ってとても美味《おい》しかったですよ。……えっと、これはどうされたんですか？」

「いやいや、それはようございました。……えー……ね、どうされたのでしょう……」

愛想笑いのまま、脂汗を拭《ぬぐ》う店主。

それに苛立《いらだ》ったような声を上げたのは青年の方だ。

「……お客様ですか？　悪いけど今ちょっと取り込んでるんです。後にして下さい」

「こっちは全く取り込む気なんてねぇぞ。お前が帰ればどうだ」

「っ何を⁉」

「――まぁまぁまぁまぁ！」

慌てて店主が間に入るが、お互いに一切引かない姿勢ではどうにもならない。

ひとまず落ち着いて話す必要がある……というか、店先では営業妨害もいいところで、衛兵を呼ばれかねない事態だ。

「あの……別の場所でお話しされては如何《いかが》でしょう？　流石にそろそろ往来も……」

そう言ってさりげなく周りを気にするそぶりをすれば、二人も居心地《いごこち》悪そうな表情で居住まいを正す。

「ちっ……目立つのはな……」

「裏に来てください。売れない理由をきっちり説明してもらうまで、帰しませんから」

すかさず青年が、砂糖商を逃すまいと店の裏手へ誘導していく。

それを見送りつつ、

（……付いて行ってもいいかな……？）

是非とも砂糖商の言い分を聞きたかった紗耶は、少し躊躇《ためら》ってから、二人の後を追った。何かあってもいけないから、見守る役、ということで。

その場に残された店主は困ったように頭を掻《か》いていたが、新しく来た客に声を掛けられ、接客に戻ったようだった。

「――さぁ。納得のいく説明をしてください」

紗耶が二人に追い付いた時、通路を塞《ふさ》ぐように立った青年が詰問の声を上げたところだった。砂糖商の男は台車を背にして、面倒そうに溜息《ためいき》を吐《つ》く。

「だーかーらー。魔獣が製糖施設を襲って来たんだよ。それも三回……いや四回だ。在庫なんて殆《ほとん》ど残らねぇくらい食い散らかされて、大惨事だ。今まで通りに売れるわけねぇだろ」

「でも今、皇都にこれだけの砂糖を持って来てるじゃないですか。地方にだけ、そんな嘘を吐いて売り渋ってるんじゃないでしょうね？」

「馬鹿か！　ここの店主だって被害に遭った話は知ってただろう……って、いないか……」

店主の姿を確認するように、歩いて来た通路へと顔を向けた二人は、そこでようやく、紗耶の存在に気付いたらしい。

ちらりと、どうして付いて来てるんだ、と言いたげな視線を向けられた紗耶は、おずおずと片手を挙げた。

「……ぁー……と……さっきの話でしたら、確かに私も店主から聞きました。凄《すご》い被害だと……」

口出ししないつもりだったが仕方ない。店主から聞いたことは事実なのでそれを告げれば、

「それみろ」

「……いつ頃ですか？　砂糖の仕入れ値については？」

「いえ、さすがにそんな話は……数日前に雑談として聞いただけですから……」

「雑談……城下でも話題になってるんですか？」

「すみません、世間話には疎《うと》くて……」

官吏の間ではある程度話題になってますよ……なんてことは言えず。

矢継ぎ早な青年の問いを曖昧《あいまい》な仕草で誤魔化《ごまか》し、逆に質問で返す。

「そちらの州では、砂糖が手に入らないのですか？」

紗耶の言葉に険しい顔をした彼が、砂糖商を睨《にら》みながら頷《うなず》いた。

「そうです。もうひと月ぐらい、田駕《たが》州との交易が途絶えています。何度要請を出しても品物が無いという一点張りで……。少なくてもいい、高くてもいいから売って欲しいって頼み込んでいるのに、一欠片《ひとかけら》も無い、と。……俺は廼《の》州で、お貴族様向けの甘味を作る料理人見習いをしていました。でも砂糖が無いせいで暇を出されたんです」

「それは大変でしたね……」

「なのにっ……なのに、です！　出稼ぎに城下まで来てみれば、こんなに大量の砂糖が出回っているなんてっ。おかしいと思わないですか⁉」

「……そうですね……」

売る地方を限定するという商売の仕方もあるだろうが、今までの販路をいきなり断絶するというのは不可思議だ。こんなに要望があるなら値上げすれば良いだろうし、皇都の潤沢すぎる在庫を分けたって全然問題ないと思うのだが……。

「はんっ、俺を睨んだってどうにもなんねぇぜ。どこにどれだけ売るか、なんて、俺が決めているわけないだろ。全部、上。砂糖は田鴛州が管理してるようなもんだ。文句があんなら州に言いな」

完全に悪者になっている砂糖商が、煩わしげに言い捨てた。

しかし、その言葉に驚いたのは紗耶だ。

「え……田鴛州が、管理しているんですか？」

「そんなもんだぜ。城下の庶民は知らねぇだろうが、な」

「……でも州営だなんて……」

――そんな報告は、聞いていない。

もし本当に州で管理しているなら収支報告があってしかるべきで、勿論《もちろん》、こんな不平等な売り方を指導するのは公的機関として論外だ。

……だが、そんな残念な可能性を一蹴《いっしゅう》出来ないのが、情報伝達技術の発達していないこの世界。国が公布を出したところで、民は文字を読めないし、官の言葉をそのまま信じる以外にないのだ。官吏として『絶対に有り得ない』と言い切れないのが、辛《つら》い。

「……だからってそんな売り方、俺は認めません。田鴛州が決めたっていうなら、困ってる人がいることを訴えに行きますっ」

州への憤りで顔を歪《ゆが》める青年。しかしその言葉は、大きな溜息に掻き消された。

「はぁ……これだから田舎者《いなかもん》は。糞《くそ》餓鬼の文句程度で、州が動くわけねぇだろ。毎日意味のわからん陳情に来るやつなんて、大勢いるんだぜ？」

「そんなこと、言ってみないとわかりません」

「砂糖を売ってください、ってか？　じゃあ魔獣をどうにかする方法を教えてくれ、って言われるだろうよ。元凶は、魔獣なんだからな。どんだけの被害に遭ったか、知ってるか？　一つの倉庫がまるっと荒らし尽くされたんだぞ？　農夫たちもやられた。俺たちだって被害者なんだ！」

「それは……そうですが……」

「親を亡くした子供に、お前が代わりに砂糖を売りに来いとでも言う気か？　身重の身体《からだ》で施設の再建を手伝ってる女に、もっと働けと⁉」

大仰な身振りで主張する砂糖商の男。しかし、なぜか切迫感は無い。売る商品が少ない上に売価が据え置きなら、必然的に収入は減っているだろうに……。その余裕は州からの補填《ほてん》を見込んでいるからだろうか……？

なんにせよ、この窮状を放置していい道理はない、と紗耶も口を開く。

「田鷲州では対応出来ない、ということでしたら、すぐそこの役所にお話しされてはどうでしょう。州で解決できないことは中央政府に……」

「あっはっは、これだから庶民は。そんな程度で中央のお偉い様方の手を煩わせるっていうのか⁉」

「いえ、でもそれが役所の仕事ではないですか。田駕州によって納得できない施策があるなら、国に訴えて良いはずです」

「だぁから、これは上からの指示なんだよ。つまり役人様方も十分ご存知《ぞんじ》だっつーことだ。……お前、ここは陛下のお膝元《ひざもと》である皇都だぜ？　役人様を疑うなんて……陛下を侮辱する気か？」

「まさか！　そんなことではありませんっ」

変な方向に極論付ける男に反論するが、どうも話題を逸《そ》らされている気がする。偏った売り方をしないで欲しい、というだけの要望が、陛下への背信疑惑にまで発展するなんて意味が分からない。売り言葉に買い言葉なのか、わざとはぐらかしているのか……。しかも、まるで地方を疎《おろそ》かにする決定を、上、つまり高官や、果ては皇帝陛下が認めたように受け取られかねない発言だ。

こちらとしては獣害の報告以来、動向を気にかけていたつもりだったのだが、事態はよく分からない方向に捻《ねじ》れている可能性が出てきた。

とにかく、もう少し筋道を立てて話さなければ、この男とは永遠に平行線のままだろう、と素早く判断した紗耶は、無駄にことを荒立てないようそれ以上の反論を諦《あきら》めた。ちゃんとこの砂糖商の言葉の裏を取って、もし州政府が絡んでいるなら戸部《こぶ》として指導を入れればいい……と考えたのだが、そんなことで納得出来ないのが直近の生活がかかっている青年だ。

「とにかくっ、今すぐ役所に行けば話が早いんだ！　俺は賢帝である『日輪の君』を信じているからな。哀れな民を見捨てられたりなんかされない！」

「ものの道理を知らねぇなぁ、田舎者は！　脳内お花畑かぁ……？　これから陳情を申し入れて、一体いつ聞き取りして頂けると思ってんだ。明日か？　明後日《あさって》か？　そんなことを待つ間に、別口で働いた方が早《はえ》ぇだろうに！」

「そ、んなこと……行ってみないとわからないですよ。どうしてもその砂糖を俺に売れないって言うなら、一緒に来て役所で証言してください」

一歩も引かない青年と、砂糖商の男が睨み合う。

「俺は忙しいんだ。糞餓鬼のわがままに付き合う気はねぇ」

「俺が廼州を代表して訴えます」

「ほう……訴える、ね……」

徐々に表情が欠け、冷ややかな空気になる砂糖商の男に、嫌なものを感じ始める紗耶。

……どうも、この男は信用ならない気がする。

「商売の妨害だ。イイ子だからお家《うち》に帰んな」

「砂糖が無くて暇を出されたんです。帰る先なんてありません」

雑踏の賑《にぎ》わいが遠く聞こえる。

調味料店の裏手だからか、どこか人気《ひとけ》がないように錯覚する場所で、表情を消した男が青年を見据えている。

その目が、紗耶に向いた。

「おい、小柄な兄ちゃん。お前は部外者だろう。行かないのか？」

「……そうですね、彼を放っておくのも……」

この状況で青年を置いて立ち去ったとして、その後、穏便に解決するとは思えない。むしろこの二人が、第三者のいない状況で対峙《たいじ》し続ければ、次に何が起きるのか……。

(出来れば私以外にもう一人、この場に中立の人間がいれば……)

砂糖商の男は、力仕事をしているだけに体格も良く、万一暴力的な事態になった場合には紗耶だけではどうにも出来ない。何とかして一旦《いったん》この場を収めなければ……、と思っていたのだが、

「——その男、少し前に役所の大門前で見たぜ?」

背後から聞こえてきた声は、紗耶の求める類の言葉ではなかった。

慌てて振り向いた先にいたのは、男が二人。どちらも背が高く乱雑に服を着崩していて、あまり良い印象を持てないタイプの雰囲気だ。

どうやら砂糖商とは知り合いらしく、ちらりと目を合わせた男たちは次いでニヤニヤと紗耶を見た。

「なぁ、美人さん? さっき会ったよなぁ」

その迷いない言葉に、見間違いで押し通すには無理があるか、と溜息を吐きたい気分だった。

確かに会っていたのだ。それも尚書省を出てすぐの大通りで。

「……お前たち、この男とどこで会ったって?」

「役所の大門前。娼妓《しょうぎ》かと思って声を掛けたんだよ。あいつら時々、お役人様達のお忍びの相手として男装で入っていくだろ?」

「だからあの袍《ほう》の中身を拝ませてもらおうと思ったんだけどなぁ。近づいたら男だっつって逃げら

れたんだよ」

砂糖商に答えつつ、ぎゃははは、と笑い合う男たち。緩く、どうでも良さそうな態度を見せる彼らだったが、砂糖商と挟むように紗耶たちの退路を塞いでいる。

自然と、紗耶と青年は身を寄せるように近づいた。

「……確かに先ほど間違って声を掛けられたのは覚えていますが、それが、何か？」

「大門のとこに立ってた守衛に挨拶《あいさつ》したよなぁ？」

「…………っ」

そんなところを見られていたなんて予想外だった。門から出るところを直接見られていないようなのは救いだが、それを気にする、ということは彼らにとって役所には不都合な事があるのだろうと確信する。

「男……っつっても役人じゃねぇだろうが……伝手《つて》のある人間か？」

紗耶を上から下まで観察するような砂糖商に、どう回答すべきか悩む。

ここで官吏だと明かすことで、彼らが引いてくれるなら良いが、違った場合……。

「……守衛の方とは、たまたま目が合ったので挨拶を……」

「………怪しいな。今日は何の用でここに来た？」

「新しい品がないか、見に来たんです。ただの買い物ですよ」

「数日前に来たばかりで？　また？」

「何か問題が？」

「調味料店をそんな頻度で覗《のぞ》くかな。新しいもんなんて、そうそうねぇのに？」

不審さも露《あら》わに見つめてくる視線に、この問答が限界だと察する。最初から怪しいと決めてかかってくる相手には、何を言っても無駄だろう。

一方、折れる気のなさそうな廼州の青年は未《いま》だ砂糖商を睨みつけたままだった。この調子ではいざという時に、腕を引いて走ったとしても逃げられそうにない。

どうするか……と言葉に詰まったのを見透かしたのか、砂糖商の男がにやりと笑って両手を広げた。

「知ってるか？　砂糖ってぇのはな、高貴な方々の大事な外交品なんだよ」

「………………」

「今は特に大事な時期でなぁ……。変なけちでもつけられちゃあ、こっちの首もやばいことになりかねねぇ。っつーわけでな、…………二人揃《そろ》ってご同行頂こうか」

そう言った男が冷酷に顎《あご》をしゃくると、背後の二人がさっと動き出した。

「っ、ちょ、何ですかっ！　暴力で訴える気ですか⁉」

「それはお前達次第だなぁ。なぁに、ちょっと話し合う時間を作るだけだ。こっちの被害がうまく伝わってないみたいだからなぁ」

「嘘《うそ》だっ、そんなことを言って……っ。くそっ、近づくなっ」

にじり寄る男たち。それに合わせて青年が怯《ひる》んだ様子で後ずさり……、

「……っぐ……っ」

近づいてくる男を押し退《の》けようとした青年に、男の拳《こぶし》が襲い掛かった。腹と頬に一発ずつの重たい衝撃を受けて、青年は蹲《うずくま》るように地面へ倒れこむ。

「よえー。お前そんなんで突っかかってきたわけ？　馬鹿だろ」

「っ……くそっ……足を、どけろよっ……！」

「聞こえねぇなー。なんか足元から声がするけど、地面が喋《しゃべ》ってんのかなぁー？」

「ぎゃははは、でっこぼこの地面だなぁ！」

蹲る青年を嘲笑《ちょうしょう》しながら踏みつける男達。その光景に、思わず止めに入りたい衝動で身体《からだ》が動いた紗耶だった、が、

「はぁいはーい、美人の兄ちゃんも無駄に暴れんなよ？　手が滑ったら危ねぇからなぁ」

「……刃物……っ……」

「おっと。大きい声も嫌いだぜぇ。素直に手を上げな」

懐から小刀を取り出した男達。男の一人は青年の首筋に、そしてもう片方は紗耶に向け、ちょいちょいと刃先を揺らして脅すそぶりを見せてくる。

そんな相手に立ち向かえるような護身術なんて、紗耶が習得しているわけもなく……、

「……抵抗は、しません。話し合いが済めば解放してもらえるんですよね」

「もちろん。砂糖の現状について、よぉく理解してくれりゃあ、怪我《けが》ひとつなく自由の身さ」

素直に両手を上げた紗耶に、薄ら笑いで約束をする砂糖商。

足で踏みつけられたままの青年も、不本意そうに顔を歪めながらも、数拍を置いて小さく手を上

げた。

二人の完全降伏する姿に、刃物を手で弄《もてあそ》びながら鼻で笑う男たち。

……その背後で、

（――今は、要らないよ）

少し離れた店の軒に、白銀の毛並みを持った大型の獣がいた。

こちらを窺《うかが》うように静かな瞳《ひとみ》を向けながらも、前脚を落とし、いつでも飛びかかれるように体勢を低く構えている、一縷《いちる》だ。

紗耶はあえて、そんな一縷の動きを制するように目線を投げてから、近づいてくる男たちを丸腰に見据えた。

（……招待してくれるというのなら、伺いましょうか）

脳裏に浮かぶのは、朝、出がけに会った工部《こうぶ》侍郎の話だ。

……やはり、田駕州には何かある。

〈虜囚〉

馬車の荷台に乗せられて半日。

紗耶《さや》は、後ろ手に拘束された身体をよじり、なんとか体勢を変えて一息吐《つ》いた。

何と言っても、今乗せられている荷台は、本当に荷物を乗せるためだけだったらしく、ただの板張りなのだ。おかげで、地面の振動を直に感じて、身体中が痛い。

砂糖商は御者台に、荒事を担当しているらしい男たちは馬で移動しているようで、幌《ほろ》に覆われた荷台の中には全く会話が聞こえてこない。一体いつまでこのまま連れて行かれるのだろうか……。

陽《ひ》の光の遮られた荷台には、砂糖を入れていた空き壺《つぼ》と、縛られた紗耶、そして……、

「あの、ごめんなさい……俺、つい頭にきちゃって、後先考えずに……」

同じく縛られた状態で座り込んでいる青年が、しゅんと項垂《うなだ》れながら謝った。砂糖商に食ってかかっていた青年だ。

しかし、紗耶もこの状況を利用しているようなものなので、すぐに首を振る。

「いえ、こちらが巻き込まれに行ったようなものだから、気にしないで下さい。それより、貴方《あなた》こそ大丈夫ですか？」

「あぁ、頬なら………えーと、まだ少し痛む、かな……？」

『『少し』なんて腫《は》れ方じゃないですけどね」

安心させるように茶化した物言いをすると、彼も顔が緩んだようだった。が、そのせいで殴られた頬が痛んだらしく、すぐに顔を歪《ゆが》めて身を竦《すく》める。

「っつつつ……やっぱり痛いや……。あの、俺、来趾《らいし》って言います。君は？」

「あー……紗耶です」

こんな状況での自己紹介に、シュールさを感じて笑いそうになりながら答えると、男……来趾ははにかみながら頷《うなず》いた。

「紗耶さん……可愛《かわい》いお名前ですね。……それにしても、どうして男物の衣を？」

「…………っ、ゴホゴホッ……っ⁉」

唐突な、来趾の核心を突《つ》いた言葉に、身構えてなかった紗耶は思わず噎《む》せて咳《せ》き込む。

「っ……え、……えぇっ……⁉」

「いや、あの、ごめんなさい、服が、その、身体の線が……見えてて……」

そう言いながら俯《うつむ》く来趾。

慌てて自身の身体の状態を確認すれば、確かに、痛くて体勢を変えようと身を捩《よじ》りすぎたせいか、服がだいぶ着崩れてサラシがちら見えしている。しかも腰で留めた帯が、くびれ部分にまでずり上がってきていて、これじゃあどうしても胸からの曲線が明らかだ。

「…………あー……」

「っ、あのっ、大丈夫ですよっ⁉　見えてませんよっ⁉」

「……何がですか」

「……えぇと……その……」

顔を赤らめて挙動不審になる来趾に、もう仕方ない、と切り替えて溜息《ためいき》を吐《つ》く。彼に女だと露見したところで、官吏だということを言わなければ何の問題もないのだ。この世界、まだまだ治安は宜《よろ》しくない。女の一人旅で、男装をすることは特段珍しいわけではないから、何とでも言い訳すれば良いだろう。

「はぁ……服が着崩れた程度、気にしてませんよ。外出するのに自衛していただけですから」

砂糖商に向かって行った威勢はどうした、と言いたいぐらいに、純朴な好青年状態の来趾は、紗耶の反応に安堵《あんど》した様子で顔を上げた。

「うわぁ、やっぱり。良いところのお嬢様なんですね。一人で外を歩かれて大丈夫なんですか？」

「……良いところのお嬢さんじゃないですけど、まぁ、もう仕方ありませんね……」

大丈夫かと言われると全然大丈夫じゃない。よくよく考えれば、丸一日後宮を不在にするなんて初めてなのだ。李琳《りりん》は官吏の仕事で何かあったと察するだろうが、それでも心配するだろうし、この前みたいに突然宮正が訪ねてきたりしたら、不在だと不審に思われる。

（……やっぱり、結構まずいかな……）

場合によっては数日、李琳以外の宮女の誰《だれ》とも顔を合わせない日だってあるのだが、最近の後宮内はゴタゴタしていて、細かい事にも目を光らせている可能性が高い。

戸部尚書《こぶしょうしょ》にだって、書き置きは残してきたが、流石《さすが》に数日にも及べばどんな対応がされるか……。

「……はぁ――……」

「あぁあぁっ、そうですよね、大丈夫なわけないですよね……っ、ど、どうしよう……」

「どうしようもこうしようも、なるようにしかならないでしょう」

あっさりと言い切った紗耶は、すぐに感情を切り替えて、次の行動を考えていた。

せめて、砂糖商の話の裏をとりたいのだ。

（だってあんな程度の男が、しょうもない悪事の言い逃れに、陛下の名前を出してるかもしれないのよ……）

信頼している人の事実無根な悪評を広める行為に、苛立《いらだ》たないわけがない。それに、こうして目の前の困っている民を、陛下ならば放っておかないはずだ。決して自らが直接手を下すことはないにしろ、不正や不平等な問題があれば何らかの行動を起こすだろう。

ならばこの機会に、国の目が辺境の州にまで届くことを知らしめれば良いのだ。各州の財政状況を掌握する戸部としても、都合がいい。

「……この馬車、もうだいぶ走りましたよね……俺たち、どこまで連れていかれるんでしょう……」

不安そうにしながらも、どこかのんびりした来趾の言葉に、紗耶も周囲を見渡す。

ガタガタゴトゴトと、舗装されていない道をひたすら進んでいたが、そろそろ皇都との州境だろう。幌《ほろ》の隙間《すきま》から見える陽光が、だんだん傾いて茜色《あかねいろ》に染まってきている。

しかし、どう考えても今日中に田駕《たが》州までは辿《たど》り着かない。このまま寝食を抜いて走り続けるという事も考え辛《づら》いから、おそらく日が沈む前にはどこかに着くはずだ。

「……さぁ……。どこかに招待してくださるらしいので、彼らの拠点である可能性はありますね」

「そ、そんな所に連れれて行かれて、俺たち無事に帰してもらえるんでしょうか……」

「どうでしょうね……」

最悪、逃げるだけならどうとでもなる。一言、一縷《いちる》にそれを言えばいい。お願いすれば来趾も一緒に逃がしてくれるだろう。

だがそれに伴う影響は大きい。魔獣が特定の人間を庇《かば》うなんて、脅威以外の何物でもないだろうし、そもそも魔獣が出ただけでも州兵が呼ばれる事態なのだ。逃げた奴らは何者なのかと追われかねない。

(だから、それは最終手段にとっておくとして……)

「――おいっ、そろそろ着くぞ」

御者台から掛けられたその言葉から少しして、どこかに到着したらしい馬車が緩やかに停止したのだった。


「着いたぞ」

その言葉と共に取り払われた幌から見えたのは、夕日を背景に建つ大きな平屋の屋敷だった。すでに敷地内にいるらしく、私兵と思わしき男達が、馬車の通ってきた門を閉じている。

籠《かご》の鳥状態で生活してきた紗耶にとっては、全く見知らぬ風景だ。しかし移動時間と、砂糖商の言動から、だいたいの候補は頭の中に浮かんでいた。

（皇都の外れには、辺境貴族達の別宅が点在していたはず……）

砂糖商が出入りするのだから、田駕州に関連した貴族だろう。となると、戸部が管理している土地情報の中に、そんな地域がいくつかあったことを記憶している。

その中のどれか、だろうが……。

「さっさと出ろ！」

砂糖商が急《せ》かすように声を上げ、近くの馬房に馬を繋《つな》いだ二人の男も近づいて来た。

モタモタしていると引き摺《ず》り出されかねない状況に、紗耶は一瞬、どう動くべきか思考を巡らせる。

というのも、衣服が着崩れたままなのだ。このまま立てば、女だと露見する可能性が高い。

（……けど、彼らが私たちを連れてきたのは、砂糖の現状を中央政府に知られたくないからだ）

役所に訴えかねない来趾と、尚書省《しょうしょしょう》の関係者かもしれない紗耶だから、こうやって拘束されている。恐らく、この屋敷を所有する貴族かその周囲の人間が、この問題の根源になるはずだ。

ここまで連れて来てどうする気なのかは全く不明だが、すぐに危害を加えるつもりならあの場でやっているだろう。何かの目的があると見ていい。

……であれば、男だということで警戒されるよりも女だとバレて油断してくれる方が、事実を掴《つか》みやすいんじゃないだろうか。まぁ……別の意味で面倒な事態になる可能性はある、が、最悪の場合はなりふり構わず一縷に頼ると決めていた。

「おいっ、引き摺り出されてぇのか⁉」

「今、出ます」

男達の面倒そうな声音に、静かに返答した紗耶。そして後ろ手に結ばれたまま、よっこいしょと立ち上がった。

……のだが、

「いえいえっ、俺が先にっ……！」

「……え……？」

紗耶を押《お》し退《の》けるように、突然来趾が立ち上がったのだ。まるで紗耶を背中に隠すような動きに、男達が眉《まゆ》を顰《ひそ》める。

「あ、来趾さん……」

もしかして女だとバレないように庇ってくれたのか……とも思ったが、ここまであからさまだと逆に怪しい。不器用か。

「おい、お前……何か隠そうとしてるのか？」

「い、いえ、まさかっ！　俺が先に出たいだけで……」

男達が不審そうに背後を覗《のぞ》こうとするが、来趾は頑張って紗耶を隠そうと身体《からだ》を動かす。だが何かを隠そうとしているのは明らかで、すぐに男達が繋いでいた紐《ひも》を強く引っ張った。

「あ、ちょっ、ぅわぁあぁっっ……っ……‼」

「──なんだよ、やっぱ女じゃん」

抵抗むなしく、荷台から引きずり落とされた来趾。

その向こうで、男達が紗耶を見つめて口元を歪めた。

「んだよ、俺ら間違ってなかったじゃねぇか」

「紛《まぎ》らわしい格好すんなよなー」

わざとらしく嘆く二人に反して紗耶は毅然《きぜん》と立ち上がり、自ら荷台を降りた。

「……っつ……紗耶さん……」

「大丈夫ですか、来趾さん。怪我《けが》は？」

「や、大丈夫です……あの、すみません……」

地面に膝《ひざ》をつき身体を案じてくれる紗耶に、来趾は悔しげに唇を噛《か》んだ。

すると、その様子を見ていた砂糖商が、紗耶を上から下までしげしげと見つめる。

「……女……？　……つーことは役人じゃねぇのが確定する……か……。ちっ、無駄に連れて来ちまったぜ……」

忌々しげに舌打ちをする砂糖商。お屋形様に確認するしかねぇな……と溜息交じりに呟《つぶや》き、出迎えにやってきたらしい下働き風の女達に指示を出し始めた。

どうやら紗耶は、彼女達に連れて行かれるらしい。

心配気に見つめる来趾を安心させようと小さく笑って頷いてやるが、彼はそれでも不安気に、男達に小突かれながらどこかへと連れて行かれたのだった。

「――何をやったか知らないけど、お屋形様には逆らわないこと。普段はお優しく陽気な方だけど、使用人には容赦ないから。あとここでは、いつお呼び出しがかかっても良いように身綺麗《みぎれい》にしておくこと。お湯を持って来るから、身体を拭《ふ》いたらあれに着替えるのよ」

金髪を引っ詰めた下働きの女は、無愛想にそれだけを指示すると返事も待たずに戸を閉めた。

屋敷の中の一室に案内された紗耶は、施錠の心張り棒が置かれた音を聞きながら、閉じ込められたか……と、ひとりごちた。

まぁ予想通りといえば予想通りだ。この後きっと、お屋形様か、それに類する重要人物に会えるのだろう。……その相手が、すぐに身辺の見当がつく人間ならば話は早いのだが、反面、全く知らない相手ならばどうするか……。

冷静に思案しながら、狭い室内をぐるりと見渡した紗耶は、

「…………」

小さな行李《こうり》の上に置かれていた、着替えろと指示された衣を確認して絶句した。

(こ、これは……遊女の仕事着では……っっ⁉)

ひらひらした柔らかい生地の長衣は腕が丸出しで、胸を強調するようにすぐ下で絞りが入れられている。羽織りは刺繍や組紐・背部に大きな飾りまである豪奢なものだったが、透け過ぎだ……。

(あー……まぁ、女だとバレた時点で、こういうパターンも想像はしてたけど……)

だからって直後にこういう服を渡されるなんて。想像以上だわ……。

薄過ぎる布地の衣を片手に、板の間に立ち尽くして固まる紗耶。

「着たくない……けど、着ないわけにはいかないか……」

目的を考えれば、さっさと着てさっさとお屋形様とやらに会うしかないのだ。娼妓《しょうぎ》だと思われようが、対面できるならば逆にそれも好機と言える。

……とはいえ、一応プライドとか羞恥心《しゅうちしん》とか色々持ち合わせているわけで。

選択肢をミスったかな……と少しの後悔とともに心の葛藤《かっとう》をすることしばし……。

「──お湯を持ってきたわよ」

ガタガタと、立て付けの悪い戸を引く音がして、先ほどの女が、数人を引き連れて戻ってきた。

女は少し大きめのたらいを持っていて、面倒そうに部屋の中央へ置くと、後ろの女たちが次々と湯気の出る桶《おけ》をひっくり返していく。そうしてたらいの中が八分目ほど湯で満たされたところで、呆然《ぼうぜん》とその光景を見つめていた紗耶を、女が睨《にら》みつけた。

「ほらっ、さっさと脱ぎな」

「……え……？」

「着替えるって言ったでしょ。手間を掛けさせないで」

すると女は布を片手に、戸惑う紗耶に詰め寄った。その手は迷うことなく胸元に伸びている。

「いえっ、あの、自分で……っ」

思わず服を守るように身を引けば、女の眉間《みけん》にシワが入った。

「……手間を掛けさせないで、と言ったんだけど」

そう言われましても、いきなり服を脱がされるなんて想像してませんでしたし……と困惑に固まる紗耶に、お湯を運んできた女のひとりが嘲《あざけ》るように小さく鼻を鳴らした。

「ふんっ、さっきの男と一緒に、『処分待ち』の座敷牢《ざしきろう》に入りたいってんなら止めないけどね」

声を荒らげるわけでも無い、呟くような脅し文句にギョッとする。

「っ⁉　処分待ち……ですか……？」

「こら、余計な事は言わない！」

「……すみません……」

すかさず引っ詰め髪の女が叱咤《しった》すれば、桶を持った女達はそそくさと出て行った。

「え、あの、来趾さんは……」

窺《うかが》うように筆頭らしき女を見れば、いかにも面倒そうな表情で手拭《てぬぐ》いを湯にくぐらせている。

「……連れは、あんたの男かなんかかい？」

「いえ……違いますけど……」

「なら諦《あきら》めて忘れちまいな。お前はお屋形様の処遇を待つ身なんだからね。簡単に出ていけると思わないほうが良い」

手拭いを固く絞りながら、女は紗耶を睨《ね》めつけるように見上げた。

「……ここに連れて来られた時点で、わかってた事だろう？」

（いやいや、確かに想像は出来ますけども。そんな『悪党の定石』みたいな扱いをしなくても……）

分かりやすくて良いけど……なんて内心はおいておいて。

「いえ、本当に突然連れて来られたんで、何が何だか……。……ただ調味料店で砂糖を買おうとしていただけなんです。でも売っていただけなくて……それでちょうど砂糖商の方がいらっしゃったので、理由を聞いただけなんですけど……」

実際に買おうとしていたのは来趾だったが、何でも良いから話を聞き出したくて全く見当のついていないふりをしてみる。あまり核心を突《つ》く情報は得られないだろうが、この屋敷が本当に田駕州や製糖施設に関連するなら、砂糖の話題には食いついてくれるかもしれない。

……その推測は当たっていたようで、

「……あぁー……まぁ、そりゃあ運が悪かったね。今、砂糖に関しちゃあ、お屋形様は相当神経質になさってておいでだから」

「？　お砂糖で？」

「そうさ。魔獣に喰《く》い荒らされて、被害が凄《すご》いんだよ。郷里の奴らは皆、魔獣の影に怯《おび》えているし、収入が減って明日食うものにも困ってる。……って、皇都のお嬢様にとっちゃ、地方の事なんて気にもなんないか」

「いえ、お嬢様なんかじゃ……」

「そんな良い身なりしておいて違うっつーのは謙遜《けんそん》にしちゃあ嫌味だよ。わざわざ男のナリして出歩いてたんだろうに、連れて来られちまって御愁傷様」

固く絞った手拭いを広げ、紗耶に突き出した。

「さっさと身体《からだ》を拭きな。お屋形様に御目通り出来るかは知らないけど、屋敷の中に小汚い女がいちゃあ、うちらが叱責される」

そういえば馬車の荷台で半日。土煙に塗《まみ》れて相当埃《ほこり》っぽい自覚はあった。素直に手拭いを受け取ると、その温かさにホッとする。やはり温かいものは人をリラックスさせてくれるんだろう。

そんな、一瞬緩んだ表情を見られていたのか、女が刺々《とげとげ》しさを引っ込めた。

「……ま、そんな理由で連れて来られたんだったら、同情はするけどね……」

「あの、私はこれから……？」

「知らないよ。娼妓としてこの部屋に閉じ込めとけ、って言われただけだし……下の座敷牢に入れられた奴《やつ》は数日以内にいなくなるから」

（いなくなる……!?）

それは……円満に解放されたとは考えにくい。この世界ではまだ、命の価値が驚くほど軽いのだ。

万一、ここで縁もゆかりも無い男が一人消えたとしても、誰《だれ》も気にも留めないだろう。

「今は本当に間が悪いんだ。お屋形様は沢山の砂糖農家を抱えてらっしゃるお貴族様だけどね、深刻な獣害で。領地が大事とあっちゃあ、お屋形様は中央政府に口利き出来なくなるし、ご息女である御姫様《おひいさま》に男児を産ませてあげられない。もちろん領民の生活も守らにゃなんねぇ、大変なお立場なんだ」

貴族社会なんて紗耶にはよく分からないが、お金がなければ無力だというのは世の常だ。体裁や見栄のためにも、色々と入り用なのは想像に難くない。

今の話だけならば、立派な領主のようにも聞こえるが……。

(でも、それならそれで国にもっと支援を求めればよいのに)

既に報告された被害のうち、補填《ほてん》出来るものは裁可が通っている。獣害によって生活が危ぶまれる程なのだったら、強引な手段に出る前に情に訴えれば、誰も無茶な要求はしないだろう。まず、第一にそれを懸念していたのは陛下なのだから。

しかし疑問に残るのは……、

「……そんな理由で、硒州《の》に砂糖を卸さなくなったんですか？」

「硒州？ へぇ、卸してないのかい。それは知らなかったけども……州政府にもご都合がおありなんだろうさ。お屋形様も、最近は沢山の書き付けを抱えてらっしゃったからね」

「州政府？ 砂糖商の方々が、売買先を選定しているんじゃないのですか？」

「基本的にはそうだった筈《はず》だけど、上の方々が色々手配して段取りして下さっているんだよ。わざわざ好意を無下にしてまで、自分で護衛を雇ったり遠方に卸しに行ったりなんて、しないだろう？」

「そう、ですね。だから売ってくれなかったんですか……」

とはいえ、ただ斡旋《あっせん》されただけにしては強硬だった。

州政府が暗黙的に砂糖商やその領主を支配下に置き、利益を横領していた場合、隠蔽《いんぺい》に必死になるのは州政府側の筈で。砂糖商がこうやって手を回す以上、何かの利害が絡んでいないとおかしい。

「あの、それで私はいつ解放してもらえるんでしょうか？」

「さぁね。お屋形様のご裁可を待ちな。一応今日は夕方にお戻りの予定だったけど、まだ帰られてないから、いつになるかね……」

「では明日には――」

「――あ、ちょぃ待ちな、……あーい、今行く！　……っつーわけで無駄話は終わりだよ。たらいは後で片付けに来るから、ちゃんと着替えておきな」

戸の向こうから何か声が聞こえたと思ったら、女が仕事仲間に呼ばれたらしい。紗耶の言葉を遮った女は、すぐに声を張り上げて返事をすると、せわしなく指示だけ出して行ってしまったのだった……。

＊＊＊

その日、下働きの女は普段の仕事に加えて、一人の虜囚の世話を指示されていた。

城下で砂糖を買おうとして目を付けられたらしい、不運な女だった。大人しそうな見た目と地味な男装をしていたが、よく見ると整った奥ゆかしい美貌《びぼう》をしている。どこかの良家の息女かもしれない、とは思ったが自分には関係なかった。

だってそれが仕事なのだ。

魔獣のせいで不安定な状況が続くこのお屋敷で、きちんとお給金を頂き続けるためには、割り切って働くのが一番だ。

「姐《あね》さま、あそこの部屋です」

「……あぁ忌々しい。この屋敷に娼妓がいるだなんて……」

女の隣で爪を噛《か》んで愚痴を零《こぼ》すのは、この屋敷の女主人だ。と言ってもお屋形様の奥方様ではない。妾《めかけ》だ。

皇族方や高位の貴族しか正式な側室は迎えられないが、お屋形様のようにそれなりの金と権力があれば、こうやって別邸に愛人を住まわせることぐらいわけはない。

この屋敷は、田鴛州のいち領主であるお屋形様が、皇都での足掛かりを兼ねて設けた、姐さまの為《ため》の別邸なのだ。

「申し訳ありません。商人と何か揉《も》め事《ごと》になったとのことで、お屋形様のご裁可を待たれると……」

「揉め事なんてその場で処理してくれれば良いものを。何のために旦那《だんな》様が護衛を付けていると思っているのかしら？　このお家の大事《だいじ》に、そんなことで旦那様のお手を煩わせるなんて、無能ね」

「おっしゃいます通りで……」

姐さまは神経質そうに細い眉《まゆ》を顰《ひそ》めている。ただでさえ吊《つ》り目《め》気味なのに、余計に人相が悪くなっている。よく見れば塗り過ぎた白粉《おしろい》が皺《しわ》になってよれていた。侍女は直して差し上げなかったんだろうか……。

「ふんっ。とはいえ、この屋敷はわたくしが旦那様からお任せされているのです。たとえ薄汚い娼妓であろうとも、全《すべ》て把握しておかなければならないのよ」

「姐さまにご足労おかけしてしまい、申し訳ございません」

文句なら連れてきてしまった商人に言いなよ、とは思うが、あの商人はお屋形様が重用している男だ。姐さまも叱咤し辛《づら》い相手なのだろう。

何より、女主人として、というのは建前だ。普段、自分が使えるお金や権力の事以外には、殆《ほとん》ど興味を示さない人なのだから。現に、座敷牢に入れられた男のことなんて頭の片隅にもないだろう。

「娼妓《しょうぎ》なんて……旦那様にそんな汚《けが》らわしい女を差し出すなんて……」

ガリッ、と爪を噛む音が聞こえた。

つまりはそういうことだ。

手土産が娼妓だなんて許しがたい、と苛立《いらだ》っておられるのだ。

別にお屋形様は清廉潔白な方ではない。悪いが色好みの部類に入る。姐さまが嫌がるから、この屋敷には姐さま以外のお相手を入れていないだけで、良い年をして派手に遊び歩いておられる方だ。

今日だって夕刻にはこちらに来られる予定だったのだが、さっき早馬が持ってきた言伝で、『宴《うたげ》』にご出席される事がわかった。その宴の列席者や趣向によっては、翌朝に女性への贈り物の手配を命じられるのだからお察しである。

そんなお屋形様のご気質は、姐さまもよおっく知っている。

だからこそ、新たなお気に入りが出来て、自分の地位が危うくなるのを恐れているのだ。

(あの虜囚、それなりに着飾れば十分美人だろうし……)

姐さまの機嫌が悪くなるのは間違いない。が、自分は虜囚の世話を任されている身。なるべく姐さまには冷静になって頂き、仕事をまっとうしなければならない。

「――開けなさい」

戸の前に立ち止まった姐さまが、顎《あご》をしゃくって指示をする。それに丁寧に一礼してから、女は施錠に使っていた心張り棒を取り去り、立て付けの悪い戸を引いた。

そこには、寝台に腰を掛けた麗人がいた。

「……っ……」

お屋形様が娼妓に与える鎖骨も露《あら》わな衣は、肌を隠すことが常の貴族たちからすれば下品だ。というのに目の前の女は、その控えめな美貌と相まって逆に衣が映え、絶妙な色気のある美しさに目を奪われてしまった。薄暗い室内の中では白く滑らかな肌が輝いて見え、頭上を覆う刺繍《ししゅう》を施された薄絹は目元に気品すら感じる影を落としている。

(これは……まずい……)

お屋形様の寝所に上がれば、間違いなくお気に入りになるだろう。そう思わせるだけの雰囲気があった。

それは勿論《もちろん》、隣に立っていた姐さまも感じたようで、

「…………おまえ……名前は？」

「あ……、紗耶、です」

「……生意気な目」

「へ…………っ……！」

突然の来訪者に困惑した様子で所在無げに立ち上がった虜囚……紗耶のこめかみを、姐さまが突然、扇で打った。

バシッという音とともに、紗耶が顔を背けてたたらを踏む。

「伏せなさい、無礼な」

「……っ──……申し訳ございません……」

痛みと驚きで呆然《ぼうぜん》とした表情をした紗耶だったが、すぐに丁寧に頭を下げた。目を合わせるな、という姐さまの意図が通じたのだろう。

貴人に対し、許しもなく対等に目線を合わせてはいけない、という絶対的な身分制度だ。

「あまり賢い子じゃなさそうだけど……ちょうど良いかしらねぇ。旦那様は賢《さか》しい女を嫌いますから」

冷え冷えとした声音で紗耶を嘲《あざけ》る姐さま。どうやら完全に敵とみなしたらしい。

服装に合わせて結い直したのか、朱色の絹紐《ひも》を編み込んだ紗耶の三つ編みを、姐さまは邪魔そうに扇で打ち払った。

「おまえみたいな卑しい人間が着飾るなんて、無粋だこと」

誰《だれ》が聞いても、嫉妬《しっと》からくる暴言だとわかる、短慮な発言だ。一応は主人と仰ぐお一人、あまり小物じみた発言は控えて頂きたいのだが……。

「身分はきちんと弁《わきま》えなさい。何と言っても旦那様は、本日とうとう皇帝陛下主催の宴にお呼ばれしたのです。それほど覚えの目出度《めでた》い御方様に、おまえのような卑しい者が──」

一方的に言われ続けても、最初の打ち据えられた時以外、全く動じた様子を見せない紗耶。ただひたすらに完璧《かんぺき》な姿勢で礼を続け、姐さまの言葉を受け止めている姿には感心する。こんな場所に連れて来られた挙句に罵倒《ばとう》されるなんて、理不尽にも程があるだろうに……。

「……つまらない子」

その反抗する様子の無さには、さすがの姐さまも気が削《そ》がれたのか、最後にもう一度念押しのごとく紗耶の下げた頭を扇でパシンと叩《たた》いてから、踵《きびす》を返した。

「帰ります」

「あ、はい、姐さま。……お前は、呼ばれるまで大人しくしておくこと」

慌てて姐さまの後を追いながら、未《いま》だ静かに頭を下げている紗耶に言い含めて部屋を出る。戸を閉める前、置き去りにしていたたらいと手拭《てぬぐ》い、そして取り上げた紗耶の衣を廊下に出すのは忘れない。後で手の空いている女たちを呼んで片付けさせよう。

それから滑りの悪い戸をしっかりと閉じ、心張り棒を添えようとして……、

「それは不要よ。……忘れたことになさい」

「えっ……⁉　ですが……」

悪態でも吐きそうな表情で振り返った姐さまの、小さく潜めた言葉に驚いた。

心張り棒をしないなんて……そんなのすぐに逃げられてしまう、という言外の危惧《きぐ》に、姐さまは冷たく笑った。

「わたくし達は、旦那様をお迎えする為の準備に勤《いそ》しんでいて、少し注意が欠けてしまったのです。まぁ本日は急遽《きゅうきょ》お戻りになられない事にはなりましたが、そういう予定の変化に柔軟に対応出来るよう、常に気を配っているのですからね。……そういう事にしましょう?」

密談でも交わすような声音で、意味深な笑みを浮かべる姐さま。

「わたくし達は、つい、心張り棒を忘れてしまった。……それで万一逃げたとしても、それは娼妓が悪いのです。だって自分の立場を理解して、旦那様にお仕えする気があるのなら、逃げることありませんでしょ？」

「……はぁ……いえ、しかし――」

お屋形様の重用する商人が連れてきたので……と訴えたかったが、どちらの身分が上かといえば、一応は女主人である姐さまだ。姐さまの指示に意見できるような立場でもないし、商人を引き合いに出せば火に油だ。

「身元の分からない卑しい身分の人間を、旦那様の大事なお屋敷に留《とど》めておく方が問題ではありません？　ましてやそんな女に、尊い旦那様のお相手をさせるなんて……怖気《おぞけ》が走るわ」

「……そ、うですね、はい」

「じゃあ捨て置きましょう、ねぇ」

顔を歪《ゆが》めて笑う姐さま。

ただの下働きとしては、深々と礼をして従う以外に余地はなかった。

「……だってあの女、腹立たしいほどの黒い目だったわ。……あんな娼妓、いてたまりますか……」

吐き捨てるように呟《つぶや》いた言葉だけを残して、大股《おおまた》に歩いていく姐さまの背中を見送る。

（黒い目……？）

そう言われれば、あまりちゃんと目を合わせていなかったから気にしていなかったが、紗耶は暗い色の瞳《ひとみ》をしていた。それが茶色や焦げ茶色なら、庶民でもよくある色合いなのだが……、

（姐さまがそこまで言うぐらい黒い色なんだったら、そりゃ嫉妬するか……）

姐さまの生家は、地方ではそれなりの家柄だったと聞く。お屋形様の奥方様よりも、家格としては高かったとか。だけど、姐さまが金髪碧眼《へきがん》であるのに対して、奥方様は亜麻色の髪に紺碧《こんぺき》の瞳という、若干濃い色合いをしていたのだ。それが分かれ道になったらしい。

（お屋形様は砂糖を元手に、大貴族へ連なりたいと考えておられる。そりゃあ少しでも貴い色合いの相手を選ぶさ……）

もし姐さまが黒い瞳をお持ちだったら、『奥方様』と呼ばれていた未来があったかもしれない……。

と、そこまで考えて首を振る。詮無いことだ。

そんな不毛なことよりも、今は目の前の仕事を片付けなければならない。

廊下に置かれたたらいにはまだ湯……いやもう完全に常温になった水がたっぷり入っている。手の空いてる三人ぐらいに声を掛けて、桶《おけ》を持ってきてもらおうか……。

ひとまず先に、手拭いと取り上げた衣だけでも洗い場に持って行こうと床から拾い上げ……、

「……ん……？」

衣の端に絡まるように、一本の長い髪の毛を見つけたのだ。おそらく虜囚が髪を手入れした時に抜け落ちたものだろう。それは別に良い。髪なんて毎日抜けるものだ。

しかしを見張ったのは、白に近い金髪だと思ったその髪の、もう半分が貴色……つまり、黒色だったのだ。

「……煤《すす》で汚れた……？　いや、墨で塗ってもこんな風には……」

神にも等しい『瑞兆《ずいちょう》』の証《あかし》である、黒い髪。現在では『日輪の君』である皇帝陛下だけが、その色を身に纏《まと》っていらっしゃるはず。

なのに……、

「これ、根元の方が黒い……？」

毛先は白とも言えるほどに色が無く、傷みきっているにもかかわらず、根元は黒々と艶《つや》やかに光っていた。万一、何かで汚れたとか、不遜《ふそん》ながら黒を詐称しようなんて事であれば、根元までこんなに美しい黒い髪に出来るはずがない。

（……そういえば、あの虜囚は頭部を布で覆っていた……）

奇跡に触れたような高揚に、心の臓が痛いほどに脈打った。と同時に、背筋を冷たいものが走る。

「……まさか……だって、そんな……」

あんな格好を強いた上に、罵倒し、監禁している。

もし……もしも、まさか……『月輪の君』だったら……？

「……あ、ありえない……こんな場所に、いるわけないもの……」

私は、何も知らない。

何も言われてないんだから、と思考を振り払って洗い場へ小走りする。

未だ胸は大きく鼓動を刻み、どうしたら良いかわからない衝動に冷や汗が出る。

そして、洗い場に誰もいないことを確認してから――、手に持ったままの一本の黒い髪を、丁寧に、丁寧に畳んで、……自らの手拭いの間に挟んだ。

……決して、失《な》くさないように。

＊＊＊

一方。

理不尽に罵倒されて叩かれたはずの紗耶は、

(……皇帝陛下、主催の……宴《うたげ》ですってぇ……⁉)

冷静すぎる無表情の裏で、こちらも理不尽に怒っていた。

(そんな予定、ありませんでしたよねぇ……⁉)

ガタガタと戸が閉じられて暫《しばら》く経《た》ってから、紗耶は優雅な所作で姿勢を戻した。その涼やかな見た目からは、内心の八つ当たりなんて想像もできないだろう。

そう、これは八つ当たりだ。

(部下がこんな状況になってるってのに、唐突に飲み会がしたくなったたって事⁉　……そりゃあ陛下は私の状況なんて知るよしもないでしょうけどさぁっ！)

ちょっとぐらい気にかけてくれてもいいじゃない、なんて。文句にも無理がある。毎日のように顔を合わせてはいるが、立場が違うのだ。

勿論重々に承知しているし、不敬なことだと弁《わきま》えてもいるが、普段の気安さが悪いのだ。

けれど、こうやって陛下に八つ当たりすることで、少しだけ……ほんの少しだけ感じている不安を紛らわせたのは内緒だ。どれだけ平静を装《よそお》っても、初めて拉《ら》致《ち》監禁されているわけで。……って、そういえばこちらに来た最初も、言葉の通じない男達に納屋へ押し込められたっけ。その時には陛下が無理やり戸を壊してくれたけれども……。

今、目の前の戸の向こうでは、出て行ったはずの二人が何やら小声でやり取りをしているようだった。が、暫くしてその声も遠ざかっていく。

聞き耳を立てていたわけではないが、防音効果なんてまるで無い構造上、勝手に聞こえてきた話によると、どうやら扉は解放されているらしい。出て行きたければ出て行け、と。

そう提案した方は、この屋敷の中では身分の高い女性らしい。が、後宮で散々、迫力のある美女達の笑顔の裏を躱《かわ》し続けてきた紗耶だ。あんな直情的に敵意を表してくれるなんて、微笑《ほほえ》ましいとすら感じるぐらいだった。

そりゃあもう、ご期待に応《こた》えて散策してやりましょうか。

(陛下のお呼び立てのおかげで、今日はお屋形様とやらに会えないみたいですしねっ！)

紗耶は寝台に掛けられていた布をひっぺがすと、外套《がいとう》の代わりのように身体《からだ》に巻きつけた。意を決して着替えたとはいえ、さすがにこのままの格好で外に出る勇気はなかったのだ。

(それに寒いし……)

というのはただの言い訳だが、ついでに女であることも隠せるから一石二鳥なのである。

先ほどの様子だと暫く誰《だれ》にも呼ばれないだろうと、人気《ひとけ》の少なくなる夜更けを待ち……、壁に耳を当て、廊下に人の気配がないことを確認してから、そっと戸を開いた。

夜風は思いの外、寒かった。

はじめ廊下に出た紗耶は、指示書や収支一覧が保管されているような部屋は無いかと探したのだが、徐々に人の気配が濃くなり、あまり奥まで足を踏み入れることが出来なかった。階段も気にかけていたのだが、来趾が捕らえられているらしい地下に続くものは見つからない。

結局、すぐに庭へ身を隠すことになり、そのまま屋敷の外周を歩いている。

(うーん……そりゃあ虜囚を閉じ込めておく部屋なんて、屋敷の深部からは遠いよね……)

思ったよりも広そうな屋敷は、月夜の綺麗《きれい》なこの時間になっても、深夜番がしっかりと立っているのだから侮れない。これが別宅であるということを考えると、それほど手厚く人が雇えるぐらい余裕のある家格なのだ。『今は大変な時』だと聞いた気がしたが、大した逼迫《ひっぱく》感は感じない。

(…………田駕州は、どの貴族もそんな感じなのかな……?)

ふと、田駕州と言われて真っ先に思い出す、南部地方を領地とする陸《くが》家のことを考える。当主も陽陵《ひりょう》様も、凄《すご》く羽振りの良い雰囲気だった。下働きの女や砂糖商が訴えていたような悲惨な状況なんて、微塵《みじん》も感じさせない。ここも陸家同様、砂糖商を多く束ねる領主であるとするなら、相違ない立場だろう。

思いつく貴族は何人かいるが、素直に国の援助を請えない理由は全く思い浮かばない。

ここまで来ると魔獣の被害は確かにあったように思えるし、大きな収入源である砂糖が被害を受けたはず。なのに国の介入を拒む、ということは……？

そこまで考えたところで、正面の角から男らの話し声が聞こえてきた。

「――あんなくせぇもん、お屋形様はどっから……」

「しっかり封をされてたのに……お前が食糧箱だとか言って勝手に開けたからだろ？」

「すげぇしっかりした木箱だったんだぞ。なんか高そうな模様も書いてあったし、絶対に高価な菓子だと思うだろうが」

（……二人か……）

雑談をしながら歩いて来ているらしい二人は、恐らく警護の為《ため》に雇われた男なのだろう。室内に常駐する者たちより、少し重たい足音がする。

紗耶はさっと茂みの陰に隠れた。

「俺まで侍従長にどやされたんだからな。給金が減ったらどうしてくれる」

「悪かったって。けどそんな大事な物なのに、地下に置きに行け、なんて意味がわかんねぇな」

「……大事な物っつーか、やばいもんだろ、あれ。臭いからして」

「…………やっぱりか……開けた瞬間、不気味な臭気がしたんだ……。……そういえばさ、言ってなかったけど、同じ木箱を見たことあるんだよな、本宅で。あの魔獣の襲撃の後、何故か製糖所に移動されてたんだ……」

「じゃあ噂《うわさ》は本当なのか？　あの襲撃はお屋形様が魔獣を呼んだせいだっていう……」

（何だって……っ!?）

……パキッ……！

「誰だ!?」

驚愕《きょうがく》で、思わず身を乗り出して、足元の小枝を踏み鳴らしてしまった。

（まずい……っ、見つかる……!!）

男達の駆け寄る足音が迫って来る。

とっさに部屋まで戻ろうかと背後を振り返るが、室内へと繋《つな》がる渡り廊下までが遠い。

このまま外周を走って逃げるのも無理だろう。何より、今の話の裏が取りたい。

（今ここで見つかるのは……！）

祈るように身を固くして、息を潜めた。

その時、

「――静かに」

「……っや……――――！」

背後から突然、抱き竦《すく》められたのだ。

自分より一回り以上も大きな男の身体が、紗耶をすっぽりと覆い隠す。厚い胸板は筋肉質で、その腕は力強い。

「おいっ、そこに誰かいるのかっ!?」

鋭い誰何《すいか》に身体をビクつかせる間も無く、

「――んぅ……っ⁉」

無理やり振り向かされて顎《あご》を掴《つか》まれ、――あろうことか、唇で唇を塞《ふさ》がれたのだ。

衝撃的すぎて、ただ呆然《ぼうぜん》とされるがままに押し倒される。

「そこかっ⁉ ………って、なんだよ、お楽しみ中かよ……」

「はぁあ⁉ くっそ羨《うらや》ましいなぁ、おい！ お屋形様が帰って来なくて暇だからって、娼妓《しょうぎ》買ってんなよなー！」

紗耶を隠すように、だがどう見ても身体を重ねている構図。

外套代わりに巻きつけておいた掛け布のおかげで、雑草がチクチクすることはないが、それでも小石の転がる地面から紗耶の頭部を庇《かば》うように手を差し入れてくれている男。

（へっ、いや、ちょ………どこ触って……っ）

「あー……やってらんねぇ」

「さっさと運んじまって、俺たちも休憩貰《もら》おうぜ……」

第三者の乱入にも気付かないぐらい、お互いに熱中しているようにしか見えない二人。

当然、呆《あき》れたようにぼやいた男達は、居た堪《たま》れなさからか溜息《ためいき》交じりに頭を掻《か》きながら立ち去っていった。

（いや、ちょ……待ってっ。私も……私も連れてって――――っ！！）

されるがままになっていた紗耶も、状況なんておかまいなしに、男達と一緒に戻りたい衝動に駆られたのだった――。

「……行ったか」

「…………はぁ」

低く、よく響く男の声に、気の抜けた返事をした紗耶は、覆い被《かぶ》さっていた身体が引いたことで、ようやくホッと息をついた。

男は紗耶の腰を跨《また》ぐように棒立ちになったまま、端整な面差しを周囲に向けている。美しい月夜を背景にしたその姿は思わず見惚《みと》れるほどで、紗耶は仰向《あおむ》けのまま、ぼんやりとその陰影が生み出す芸術を眺めていた。

と。

その視線が、つぅと下げられた。

「……コラ。突然襲われたんだから、もっと抵抗しろ」

「なんで襲った張本人が不機嫌なんですか」

不満も露《あら》わな双眸《そうぼう》は、見慣れた黒曜石。

「どちらかというと、私の方が文句を言いたいのですが。なぜこのような場所に？　……陛下」

先ほどの男達と同じ、鼠《ねずみ》色の簡素な袍《ほう》に薄っぺらい胸当てをつけ、頭を茶色の布で巻き上げて隠しているが、間違えようなんてない。むしろ最初、背後から抱き締められた時には気付いていたのだ。

戸部で何度も嗅《か》いだ、皇帝陛下その人の香。

普段の執務服にも焚き染《し》められている香りが、紗耶を包んだのだから。

そんな、紗耶を襲った張本人である陛下は、何故か苦虫《にがむし》を噛《か》み潰《つぶ》したように顔を顰《しか》めて、紗耶を跨いでいた足を退《ど》けると大きく溜息を吐いた。

「……お前がやらかすからだろう……」

「え、決裁書類で何か問題ありました？」

「違うわ！　今の状況だ！」

見当違いだったらしい。

「なんだ、追い掛けてきてまで始末が必要な事態なのかと……というか、どうして私がここにいると……？」

「工部侍郎《こうぶじろう》に聞いてな。……黒衆《くろしゅう》に後をつけさせた」

「あぁ。黒衆なら私の居場所なんて簡単に……って、いやいやいやいやいや、どんな大事ですか。それに、供も付けずに遊び歩くな、とあれほどですねぇ……！」

黒衆とは、陛下の私兵だ。常に陰にいて、その姿を現すことはないと言われている凄腕《すごうで》の暗部集団。そんなものを動かしたなんて……って、私兵なのだから陛下の自由なんだけれども、黒衆の無駄遣いだわ……。

工部侍郎も、まさか早朝の会話を陛下に伝えたら、陛下本人が後を追うなんて思いもしなかっただろう。

紗耶も溜息を吐きたい心境で立ち上がると、掛け布についた砂埃《すなぼこり》を払った。寝台用の大きな布地だったお陰で、少し着崩れただけで済んだのが幸いだ。ゴワゴワだから身体《からだ》の線も出てないし、有能。

そんな紗耶の様子を見ていた陛下が、それみろ、と言わんばかりに片方の口角を上げた。

「俺が来て、助かっただろう?」

「……助けるにしても他にやりようはなかったんですかね……」

私のファーストキス……衝撃的すぎてなんの感想も浮かんでこないっすわ。……とは言えないが、訴えたいことは伝わったのだろう。少し不味《まず》そうな顔をした。

「ふんっ、あんな近くまで来ていたんだぞ? おざなりなフリだけじゃあ騙《だま》せない事ぐらい、わかるだろう。……別に初めてでも無いんだし」

「…………」

「……っと……」

失言に気付いたように口元に手を当てる陛下に、言い返せない紗耶。

(戸部侍郎《こぶじろう》ともあろう者なら、女の一人や二人、手を出してないわけないよな、って事かしらー?)

これで実は初めてだと文句を言うのは、さすがに情けなさすぎる。戸部侍郎としての沽券《こけん》にかかわる……気がする。

というわけで、聞かなかった事にして流すことにした。

「……あー……そういえば。陛下は本日、宴《うたげ》に出られていると聞いたのですが……？」

「あ、あぁそれな。うむ、最初だけ出た」

「…………？」

最初だけ？

陛下が主催したのに？

不思議そうに首を傾《かし》げる紗耶に、少し言《い》い淀《よど》む陛下。

「……黒衆から、お前が砂糖商に連れられたと報告を受けたからだ。拉致《らち》なんて滅多なことじゃない。だが相手を調べきる時間はなかったから、砂糖商と関連しそうな田駕州の貴族を全員呼び付けてやったんだ。……万一の事態は、避けられるだろう？」

そう一気に言って、こちらを窺《うかが》うような陛下。

「そ、うだったんですか……」

てっきり、お酒を飲みたかっただけなのかと……なんて口が裂けても言えない。咄嗟《とっさ》に機転を利かせて、紗耶を攫《さら》った雇い主の可能性がある貴族達を、まとめて足止めしてくれたのだ。

陛下の判断力・行動力にはホント驚かされるが、そうまでして助けてくれようとしたのか、と思うと胸が熱くなる。

「有難うございます。……ご本人が登場するというのは、後からもっとしっかり文句を言いたいが。お手を煩わせてしまい、申し訳ございません」

「そう思うなら帰るぞ」

用は済んだ、とばかりに踵《きびす》を返す陛下。

その聞き慣れた指示に思わず従いそうになって、慌てて真っ直《ます》ぐ伸びる背中を呼び止めた。

「お待ちください。今、田鴐州の抱えている獣害について、ここの家の者達が何か知っているようなのです」

そう、さっきの男達の会話だ。

お屋形様が魔獣を呼んだ、と言っていなかったか？

それがもし本当なら、大きな獣害の元凶はこの家の主《あるじ》ということになる。由々しき事態だ。

官吏としてだけじゃなく、いち個人としても無視できない問題だ。

なのに、

「……何かあるなら俺がこの家を捜索させよう。お前は帰れ」

無情な言葉に息が詰まる。

「っ……何故《なぜ》です？　いえ、しっかりと証拠が固まっているなら良いのです。後の御処置はお任せいたします。しかし、今はまだ何の確証も無いのです。確認できたのは、皇都以外へ砂糖の供給を止めている、という事ぐらいで……。ここで無闇に警戒されて、大きな何かを逃す方が問題と考えます」

「…………」

陛下が何を危惧《きぐ》しているのかはわからないが、紗耶の言い分にも利があるとは思ってくれているようだ。難しい表情でこちらを見つめてくる視線には、その陛下たる所以《ゆえん》である思慮深い威厳を感じる。

「……私は戸部侍郎です。その任にふさわしいだけの裁量を任されております。ここまでの大事にしてしまった手前、どうか、最後まで全うさせてください」

「………お前は……」

何かを言いかけて口ごもる陛下。

こういう、煮え切らない態度は珍しい。

「私と一緒に捕まってしまった者もいるんです。せめて、助けてあげたいのです」

「………ならん」

「何故です、か――――」

その硬質すぎる拒絶に、思わず悲鳴のような声をあげて陛下へと駆け寄……ろうとして。

足元が、絡まった。

「……っ……‼」

外套《がいとう》代わりに巻きつけていた、掛け布の端を踏んだのだ。

走り始めた勢いのまま、前傾した身体は止まらず、とっとっと……と布を踏み付けながら、目の前の陛下へ突進していき――。

「ひぁっ……‼」

「おっと………」

傾《かし》いだ身体が力強い腕に抱きとめられた。

と共に、ひんやりとした風が紗耶の肌に吹き付ける。

「………………ぁ……」

地面にふわりと落ちていく、掛け布。

「……な……」

露わになった素肌の胸元から腹にかけて、陛下の温かい腕がしっかりと回されていた。

「……ぇー……っと…………」

放心状態は少しの間。慌てて陛下から離れ、掛け布を拾おうとする。

が、もう遅い。

「……な、ん……っていう格好をさせられてるんだ‼　誰《だれ》に強いられた⁉」

強い力で手首を掴まれ、真正面を向かされた。

今まで見たこともない、凄《すご》い形相で検分する陛下に、さぁぁ……と血の気が引いてくる。

「……っ…………」

完全にずり落ちた掛け布。

透けた生地の、娼妓の衣が丸見えだった。

胸の谷間を強調するような上衣に、腰元には女性特有のくびれ。

男ではありえない曲線が、簡単に見て取れる。

「……ぁ……の、その……これは……」

……どう考えても、言い逃れは、できない。

バレたのだ。

女である、ということが陛下に露見してしまったのだ。

「……………っ、申し訳、ございません……」

真っ直ぐな瞳《ひとみ》を見つめ返すことが出来ず、小さく震える声で謝罪を述べながら目を伏せた。

本当だったら今すぐにでも叩頭《こうとう》したかったのだが、陛下が腕を放してくれない。

「性別を偽り、陛下を欺くような真似《まね》を……」

騙したかったわけじゃない。ただ、この国の制度や、それを重んじる文化を知らなかっただけ。

それを言い訳にしていいとは思わないが、試験の合格を聞いてから、政《まつりごと》は女人禁制だと知ったし、髪色がその身分にも相当すると知った時もまだまだ綺麗《きれい》な金髪だったのだ。だから安易に、隠せば何とかなると思ってしまった。

……あの頃《ころ》はまだ、突然知らない世界に迷い込んだ緊張感や高揚感で、深く考えて行動できていなかった。どこか現実感がなかったのだ。すぐに帰れるんじゃないか、と根拠もなくタカをくっていた。

けれども、無知を言い訳にする気は無い。

潔く処断を待つだけの矜持《きょうじ》はある。

蒼白《そうはく》な顔になりながらも、ひれ伏そうとする紗耶を、陛下の腕が強く引き上げた。

「謝るな」

「いえ、身から出た錆《さび》。全《すべ》ては私ひとりの罪です。どうぞ、他の方へは何のお咎《とが》めもなきよう……」

「……そうだな。でないと俺も、俺自身を罰しなければならなくなる」

「…………？」

自嘲《じちょう》気味な陛下の言葉に、意味が分からなくて顔を上げると、その深すぎる双眸《そうぼう》と視線が絡み合った。

何もかもを呑《の》み込んだような複雑な眼差《まなざ》しが、紗耶に向けられる。

「……知ってたさ。お前が女だってことぐらい」

「え……⁉」

「調べないわけがないだろう。身元不明な人間を、官吏として抱える気はないからな」

ガンッと頭を殴られたような衝撃だった。

「……そ、んな……いつから……」

「どうやったら何の後ろ盾もない後宮の妃《きさき》が、官吏登用試験で採用されると思うんだ。最初から把握した上で戸部に配置したさ」

（な、な、なんですってぇ……⁉）

あまりの言葉に、阿呆面《あほづら》を晒《さら》しながら絶句してしまう。

「いや、え……え、えぇえ⁉」

「こんな場面で話す事になるとは思わなかったが……仕方ない。ちょうどいい機会だ」

「はぁ⁉　いやいやいやいやいやいや…………はいぃぃいい？」

「さっさと後宮に戻って暫《しばら》く大人しくしとけ。あの獣はまだ一緒なんだろう？」

獣……一縷《いちる》のことだ。

そんなことまで覚えていてくれたのか。

あんな、一瞬同じ納屋に閉じ込められただけの足手まといを……？

「いや……だって……配属されて初めてのご挨拶《あいさつ》の時、名乗っても何の反応もなかったじゃないですか。だから私のことなんて、もう忘れたかと……」

初めての出仕の日、与えられた官服で男装していたとはいえ、流石《さすが》に面が割れてしまうのではないかと気が気じゃない状態でお目見えしたというのに。

「俺は阿呆《あほう》か⁉　そんなすぐに、あんな経緯で召し上げた奴《やつ》を忘れるとでも⁉」

「えー……後宮のことは一瞬で忘れそうですもん……」

「お前の処遇をどうすべきか考えているうちに、勝手に抜け出して、勝手に官吏登用試験に合格したのは誰だ⁉　普通に驚いたわ！」

「ええぇ……陛下の表情筋、俺様無表情に特化しすぎじゃないですかぁ……？」

「後宮からの脱走が公になったら、良くて剃髪《ていはつ》して出家、悪ければ一生幽閉だったんだからな？　無駄に試験の成績が良かったおかげで、こっちは裏で後見を立てたり、脱走経路を特定させたり、色々大変だったんだぞ」

そんなことは全く存じ上げませんでした……。

腕を掴《つか》まれたままの状態で、ポカンと陛下を見上げるしかない紗耶。

「体裁だけ整えて、後からお前を直接説得して辞退の形にしようとしたんだ、最初は。なのに踏青《とうせい》が、女でもこの能力は戦力になるから戸部に入れてくれ、なんてゴネるし……」

「っ、戸部尚書までご存知《ぞんじ》だったんですか……!?」

「あいつが後見ということで、身元の担保をしたからな」

（ぎゃーっ。それは恥ずかしすぎるっっ！）

自分が隠せていると思っていたことが、まるっと筒抜けだったなんて……間抜けすぎて穴があったら入りたい……。

陛下は、荒れ狂う心中と葛藤《かっとう》している紗耶を無視して、さっと地面から掛け布を拾い上げると、パタパタと砂埃《すなぼこり》を払った。

「ぁ、陛下っ……」

貴方がそんなことしてはいけません、と手を伸ばそうとした。が、それは制され、紗耶の肩にふわりと掛けられた。

「身体《からだ》が冷える」

「……ぁ、りがとう、ございます……」

こんな感じで優しくされるのは、気恥ずかしい。

思わず照れ隠しに、自分でも掛け布を掴んで衣を隠すように巻きつける。

紗耶が先程までと同じように掛け布を外套代わりにできたところで、

「――さぁ、とにかく帰るぞ。官吏の前に、お前は後宮の妃なんだからな」

そう言って、再び陛下に腕を取られる。

「え……でも、陛下……っ！」

「言っておくが……お前が後宮を不在にしている事が騒ぎになれば、俺の呼び出しだと言っていい、と内侍省《ないじしょう》には伝えてあるからな」

「…………っ⁉」

そ、それって……。

早く帰らないと陛下の御召しがあったんだと勘違いされる奴じゃ……っっっ！！！

なんつーことを言ってくれたんだっ、と思って陛下を見るも、自業自得だとばかりに鼻で笑われた。絶対にこれは当てつけだ。

「……くっ……で、では騒ぎになる前に帰れるよう、最善を尽くします」

「まだ言うか。…………今、俺の腕も振り払えないのに？」

突然、冷徹な低い声音が聞こえたかと思ったら、強い力で腕を引かれ茂みの奥の屋敷の外壁に押し付けられた。

「…………っ！」

「女の力で、どうするつもりだ？　押し倒されたら抵抗もできなかったくせに」

紗耶の身体を覆うように、退路を塞《ふさ》ぐ陛下。

外壁に押し付けられた手が、痛い。

「こんな衣まで着せられて。有能怜悧《れいり》な戸部の氷華が、これじゃあただの、娼妓《しょうぎ》だ」

つぅ、と首元に差し入れられた陛下の指が、再び着込んだ掛け布を緩めていく。

白い首筋があらわれ、そして鎖骨が見え……。

何とか逃れようと身体をよじるが、陛下の腕はビクとも動かない。

目の前に迫った端整な顔は一切の感情を排し、力ずくで紗耶の行動を戒めるように、現実を叩《たた》きつけてくる。

「……っ、陛下……っ‼」

「お前には、居るべき場所がある。こんな所で、勝手に肌を晒していいとでも？」

足を割られ、陛下の片膝《かたひざ》が差し入れられる。

いよいよ身動きの出来ない体勢に、解かれていく掛け布——。

「——一縷っ‼」

叫び声に呼応して、一瞬で足元に現れた銀糸。

「グルゥ………………」

「………獣か」

威嚇するでもなく、静かに歩み寄ってくる白銀の毛並みを持つ魔獣。

知的にも見える落ち着いた一縷の視線は、まっすぐに陛下に注がれ、そして小さく鼻先を下げた。

まるで陛下を陛下であると認識しているような態度だ。こんな状況で呼べば、牙《きば》を剥《む》いてもおかしくないと思っていたのに……。そして陛下も一切顔色を変えず、静かに一縷を見下ろしていることに驚く。

そういえば最初から、陛下だけは一縷を恐れなかった。

「……私には、一縷がいます。万一の時には、一縷を呼びます」

「優秀な護衛だな。……確かにこれでは、誰《だれ》も手は出せまい」

力なく訴えてみた言葉に、陛下は小さく笑って拘束を解いた。

壁に縫い止める手が無くなり、紗耶はそのままぽすりと地面に座り込む。

……安堵《あんど》に、足の力が抜けたのだ。

「そんなになるまで意地を張るな」

呆《あき》れたように笑う陛下は、もう既に、普段見知った気安い雰囲気だった。

その変わり身の早さに、ただの脅しだったとわかり、悔しさからじんわりと目頭が熱くなる。

「～～っ、ほっといてくださいっ。根性と勢いだけでここまで来たんですからっ」

「ははっ、それは認めよう」

軽く涙目になっているところなんて絶対に見られたくなくて、一縷の毛並みに顔を埋《うず》める。しかも陛下は楽しそうに穏やかな目線を向けてくるのだから、一層意地を張りたくなる。

紗耶は、体温より高い一縷の温《ぬく》もりに癒《いや》されてから、気合を込めて立ち上がった。

「――地下の座敷牢《ざしきろう》とやらを調べます」

意識して、官吏でいる時と同じ調子で話す。

今度は、真正面から陛下の視線を受け止めた。

「許そう。……万一にならなくても、危なそうなら獣でも何でも、きちんと呼べ」

「承知いたしました。お許し、有難うございます」

「地下はこちらだ」

紗耶は再び掛け布を外套《がいとう》代わりにして、月光に淡く映る陛下の背中を追っていた。

どうも陛下は、紗耶を探し出すまでの間にこの屋敷の番兵として紛れ込んで、内部構造を大体把握していたらしい。……どんな皇帝陛下だ。

そして一縷には再び、離れたところから見守ってくれるようにお願いしている。無茶をする最低条件、とのことだが、それはこちらとしても同じだ。陛下はこの国の唯一無二なのだから。

「……地下への見張り番はいるのでしょうか？」

「さぁな。もしいれば、交替の時間だ、とでも言ってみるか？」

「それは危険すぎる気がしますが……」

地下に人を閉じ込めているなら、誰かが監視していてもおかしくはない。

と、懸念していたが、

「……誰もいないようだな」

前を歩く陛下が足を止め、しばらく目を凝らしてからそう言った。

「あの小さな階段が、地下への入り口ですか？」

「そうだ。この屋敷に地下といえば、ここしかない筈《はず》だ」

それは地面から少し下がった位置にある、半地下のような建物だった。

周囲を背丈ほどの樹木で隠し、一見すると少し不自然な位置にある丘のよう。ただ、一角に階段が設けられ、それが地面の下へと繋《つな》がっているのだ。

「……本当に人の気配はありませんね……」

「入るか？」

「…………はい」

こういう状況には慣れていない。

緊張している自覚がある紗耶は、一呼吸置いてから陛下に返事をした。

「では俺が先に行く。階段前で合図をするから、それから来い」

そう言ってスタスタと大股《おおまた》に歩いて行く陛下。その姿には微塵《みじん》の迷いも見えない。

（……ふむ。パッと誰かに見られても、完全にこの屋敷の番兵だわ）

陛下の姿が階段の下に消え、それからすぐに合図があった。

紗耶は足早に階段へと向かうと、陛下の待つ扉の前に立ち、

「……っ、何ですか……この臭い……っ」

予想だにしない異臭に、鼻を押さえた。

ごく普通の簡素な戸板に簡易的な閂《かんぬき》をしただけの、本当にただの倉庫のような建物から、何かが腐ったような饐《す》えた臭いが漂ってきているのだ。

明らかに異常な臭いだ。

扉を開けたくないとまで思える、不気味な悪臭……。

「……開けるか……？」

この臭いの異様さには、さすがの陛下も顔を顰《しか》めている。

しかし、だからこそ何かがある、と紗耶は確信した。

「開けます」

意を決し、閂に手を伸ばし、力を込めた――。

「――あれ、紗耶さん？」

「来趾さん⁉」

異様な空気に慄きながら開いた扉の先には、格子戸の中に閉じ込められた来趾がいた。

殴られた痕《あと》は未《いま》だに赤く腫《は》れていたが、牢《ろう》の中では元気そうに立ち歩いている。

「あぁ、ちゃんと無事だったんですね。紗耶さんもこんな扱いを受けていたらどうしようかと思ってたんです！」

「はい、私の方は……。でも来趾さんこそ、こんな場所……」

室内は、燭台《しょくだい》が灯《とも》されていても薄暗く、想像通りそんなに広くない。

来趾のいる牢と、その倍ぐらいの広さの面積があって、荷物が乱雑に積まれているだけだ。本当に、座敷牢、もしくは倉庫としての役割しかない部屋なのだろう。

この荷物の中のどれかが悪臭の原因なのだろうが、臭いがこもりすぎていて発生源が特定できない。

「あ、この臭い、ひどいですよねぇ。さっきここの男達が運んできたのが……って、紗耶さん後ろっ、後ろっ！　あぁあああっ、逃げてくださいーっ‼」

困ったように話していた来趾が、突然焦ったように声を上げた。

その声に驚いて後ろを振り返った紗耶だったが……、

「あああっ、早くどこかにっっ！　ぁあああっ、彼女に何かしたら許さないからなぁっ！」

「……何故《なぜ》お前が女だということを、こいつが知っているんだ？」

念のため外を確認してから入ってきた陛下が、不機嫌そうにこちらを見ていた。

「えー……っと……」

「紗耶さんっ、逃げてくださいっ！　俺のことはお気になさらずっ‼」

「……こいつは、どういう了見だ？」

「…………まぁ……その服装のせいだとは思いますが……」

悪臭なんて一蹴《いっしゅう》するかのごとく、一気に氷点下になる陛下にドギマギする。まるで怒られそうなことを隠す子供みたいな心境だ。

ここの番兵達と同じ格好をしているんだから、間違えられるのは仕方ないと思うのだが、この場合、相手が悪い。

「今のうちですからー、って……あれ……どうしたんですか……？」

ひたすら叫んでいた来趾も、さすがに紗耶達の様子に違和感を覚えたのだろう。不思議そうに二人を見つめて首を傾《かし》げた。

「ぁ……来趾さん、この人は……」

「――紗耶の夫だ」

味方なので大丈夫です、と言おうとした言葉が、陛下の爆弾発言に掻《か》き消《け》された。

「はぁぁあっ⁉」

「……違う、とでも？」

「…………いえ、その通り、です……ね……」

確かに。後宮の妃なのだから、陛下の嫁なのだ。

（他にもたっくさんいますけどね！！！）

内心毒づきつつも、これを否定したら後が怖い気がする、と素直に同意を示す。

「え……？　紗耶さんの、旦那《だんな》様、ですか？　……紗耶さん、変な顔してますけど？」

「い……いいえ、まさか、別に……」

「…………ちっ」

紗耶のぎこちない誤魔化《ごまか》しに、皇帝陛下としてあるまじき舌打ちをした陛下。未だに疑いの眼差《まなざ》しで見つめてくる来趾をちらりと一瞥《いちべつ》してから、肩書き上の嫁をぐいと引き寄せ……、

「ちょ――――……っっと！！！　何しようとしてるんですかっ‼」

「……あいつが信じないからだな……」

「どんな理由ですかっ！　安易にしないっ‼」

唐突に引き寄せられたと思ったら、素早い動作で顎《あご》を掴《つか》まれ、あろう事か顔を寄せてきたのだ。

さっきもしたから、とハードルが下がっているのか、甚だ不本意な事態に全力で叱り付ければ、本気で残念そうにする陛下。端整な顔面で悲しそうな顔をされると、少し、ほんのちょっとだけ母

性本能がくすぐられて、可哀想《かわいそう》に思えてくるからやめてほしい。

さすがにあんな拒絶の仕方だと傷つけてしまったか……？　と後悔し始めた時、拗《す》ねた表情をした陛下がボソッと呟《つぶや》いた。

「……さっきもしたくせに」

「あれもですねぇえええええ‼」

（蒸し返すなぁぁあああ！！！）

殊勝な見た目に騙《だま》されるところだった。この全力で押してくる感じ、やっぱり陛下だ。普段の『陛下モード』がオフの時の、奔放具合に通ずるものがある。

頬を上気させながら詰め寄る紗耶と、余裕そうに揶揄《からか》う陛下。

来趾は、そんな二人の気安い掛け合いに何かを感じたらしく、諦念《ていねん》したようにゆっくりと俯《うつむ》いた。

「……ほんとに、紗耶さんの旦那様……なんですね……」

「え、はい、まぁ……」

明らかにテンションの下がった様子に、こっちもどうした、と突っ込もうかと思ったところで
――来趾がバッと顔を上げた。

「っ……本当に、紗耶さんの旦那さんだとしてもっ！　しても、ですよっ⁉　口づけは神聖なものなんです。こんな簡単にするなんて、紗耶さんに失礼ですっ‼」

「……来趾さん……」

「古くから『比翼の誓約』とも言って、皇帝陛下であろうとも、最初の口づけを皇妃様のために取

っておられるんですよ⁉」

……ん……？

最初の、口づけ……？

この人さっき、モロに私にしてませんでしたっけ……？

「ふむ、そんな話もあったかな……？」

「子供だって知ってますよっ！！　女の子もそれを夢見て婚姻の儀まで大事にしているんですっ、ね、紗耶さん⁉」

「……へ？」

いやいや、そんな話は聞いたことございません……けども、なんだかとっても重大なことじゃありません⁉

慌てて陛下を仰ぎ見るも、

「まぁいいだろう。そんな事より……」

至って平静に聞き流してくれている。

（えええ、そんなんでいいの⁉　大丈夫⁉　貴方一応、皇帝陛下だよね⁉）

思わず唖然《あぜん》と見つめるも、自分から聞いてやぶへびになるのは御免だった。それに、あれは緊急事態での回避手段だったたってだけだし、気付かなかったフリをしておこう。必死に言い募ってくれた来趾には申し訳ないが、ここはひとつ、自分の安寧のため……。

少しの後ろめたさを感じつつ、明後日《あさって》の方向に視線をやった紗耶は、ひとつの異様な気配のする木箱に目がついた。部屋の隅にポンッと置かれているだけの、少し大きめの木箱。その上部には黒い墨で、何やら緻密《ちみつ》な紋様が描かれている。

「……その箱はどうした？」

陛下も同じものを気にしていたらしい。ふざけていた空気を一変させ、冷淡に来趾に問うその指先は、同じ方向を向いていた。

「あ、あれですか？　ここの男達が運んできたんですよ、さっき」

「さっき？　というと、これが……」

遭遇した男達が話していた、怪しい箱、なのだろうか。

コレに絡んで、『お屋形様が魔獣を誘《おび》き寄せた』うんぬんを話していたから、この中身が何らかの手掛かりになるはずだ。

「開けてみても、良いですか？」

封をされていてなお、恐ろしい悪臭がたちこめている。こんな密室で蓋《ふた》を開けるなんて、拷問に近い所業かもしれない。が、確認しないわけにはいかないのだ。

慎重に頷《うなず》く来趾を確認してから、木箱へと近づく。

「……もう、開いてますね」

上部の蓋が、若干ずれていた。

さっきの男達が間違えて開けてしまった、と話していたから、再度閉じることが出来なかったのだろう。

近づいただけで呼吸すら苦しくなるほどの饐《す》えた臭いに、片手で口元を覆いながら手を伸ばす。

「大丈夫か？」

「はい……開けます……っ」

心配そうに見つめる陛下に目配《めくば》せをしてから、指先で蓋の端を引っ掛け、強く引いた。

「…………ぐ……」

開けた瞬間、今までの比ではない気味の悪い異臭がたちこめた。

中に収められていたのは、茶色い麻布でぐるぐる巻きにされた、ナニカ。

顔を顰めながら、ゆっくりとその布をめくっていくと……、

「…………っ⁉」

「これは……」

「…………？　ぅわあっ、ひぃっ……‼」

紗耶達の反応を見て、格子の隙間《すきま》から覗《のぞ》いた来趾は、腰を抜かしたように尻餅《しりもち》をついた。

「な……なんですかっ、それ、そんなモノ……！」

布をめくった先にあったのは……、
どす黒い血に塗《まみ》れた、奇怪な姿形の獣、だった。

爬虫類《はちゅうるい》を思わせる肢体に、鋭すぎる牙《きば》と鉤爪《かぎづめ》を持った見たこともない獣。おびただしい量の赤黒い液体に、ぎょろりとした目は白濁としていて、一見してそれは死骸《しがい》である。

「…………魔獣……の死骸、だな」

「……そんなものが、なぜ……」

険しい顔をした陛下が、中を凝視している。

麻布を手で持ち、その両面を確認したり、木箱自体に書かれていた紋様を検《あらた》めているらしい。

紗耶は、それが死骸とわかってしまうと直視出来なくて、少し引いた位置から見ているだけだったが、それでもこれが異様なことは察していた。

供養や埋葬するために、木箱に入れているのではないのだ。まるで封じるように密《ひそ》やかに詰められ、この死骸自体に価値があるかのような様相なのだ。

「……魔獣は、血の臭《にお》いに寄ってくる、と言われている……」

その秀麗な眉目《びもく》で真剣に見つめていた陛下が、ポツリと呟き、紗耶を見た。

「——その中でも、特定の血臭に集まる魔獣がいる、と聞く」

「…………!?」

魔獣の死骸に、別の魔獣が寄ってくる……？

「この布、水を通さない葉が織り込められている。通常、水分のあるものを包むために使われるものだ」

「水分……」

嫌な予感に、ゾワリとする。

「そうだ。この場合、魔獣を血抜きせずに運びたい、ということだろう。……不自然に保存された死骸、何かの呪《まじな》いが描かれた木箱、そして男達の話していたという噂《うわさ》……疑わしい、と思うには十分すぎる材料だ」

「では……」

「何らかの意図があって魔獣を呼んだ、という可能性は、かなり高い」

冷徹な表情で言い切った陛下の言葉に、小さく息を呑《の》む。

わざと魔獣を呼んだ可能性……。

考えられる理由としては、ひとつ、魔獣自体を欲していた。ふたつ、魔獣による騒ぎを起こしたかった。みっつ、誰か・何かを襲わせたかった……。

「え……紗耶さん？　どういうことですか？　何が……」

一瞬で思考の海に沈みそうになったところで、話についていけてない来趾が、恐る恐るという様子で、格子越しに覗き込んできた。

何と言って説明してあげれば良いか……と言葉に悩みながら格子戸を見て、ハッとする。

（そうだ、開けてあげなければ……！）

話の流れですっかり忘れていたが、彼はまだ檻《おり》の中だ。

こんな危険な場所に閉じ込められているなんて……と思った瞬間、『地下の座敷牢《ざしきろう》に入れられた奴《やつ》は、数日以内にいなくなる』という言葉を思い出してゾッとした。

本当にこの魔獣の死骸が、他の魔獣を呼ぶ餌だった場合……？

「っ、州兵を……っ」

陛下っ、と呼びそうになって言葉を詰まらせる。今、こんなところで身分を明かして良いわけがない。

しかし焦ったような紗耶の声音で言いたい事は伝わったようだ。難しい顔をした陛下が、頷いた。

「本当に魔獣が寄ってきたらどうにもならん。念のために、早く動かす準備をしておかなければ……。だがその場合――」

そこで言い淀《よど》んだ陛下。真剣な表情の中の真摯《しんし》な瞳《ひとみ》に、一度瞼《まぶた》を伏せてから見返した。

躊躇《ためら》う理由は、何となくわかっている。

「――行ってください。私はこれの用途を調べねばなりません」

陛下が行かなければ、州兵を動かすなんて不可能だ。……部下の身の安全なんて、比較されるべきではない。

ちらりと、今もどこか近くにいるだろう黒衆に伝言を頼めば良いのでは、とも思ったが、そうはいかないのだ。

彼らは独自の理念を持っているから、陛下自身の為《ため》にしか動かない。そして普段人前に姿を現さないから、たとえ陛下の指示だとしても、それを本当に陛下からの言葉だと信じて動いてもらうには、相応の書状が必要になるだろう。

だから、今は陛下に動いてもらう以外にないのだ。

「私には一縷《いちる》もいます。いざとなれば、どうとでも」

「……間違いないな?」

「必ずや」

意思疎通は簡潔に。

束《つか》の間《ま》、葛藤《かっとう》を飲み込んだらしい陛下だったが、すぐに統治者としての冷静な顔で立ち上がった。

「すぐ戻る」

「お気をつけて」

颯爽《さっそう》と衣の裾《すそ》を翻し、大股《おおまた》に室内を出て行く背中に礼をする。あんな簡素な身なりでも、陛下の陛下たる威厳は隠しきれていない。それだけで安堵《あんど》するし、鼓舞されている気がするのだ。

（これである程度、周囲の民たちへの不安は無くなるか……）

この死骸によって魔獣が呼び寄せられた場合、田駕州の獣害と同程度の被害は覚悟しておくべきだろう。この屋敷や、周囲一帯が壊滅することも考えられる。とりあえず州兵を動かしておけば、万一の事態でも被害を最小限に抑えられる……。

「え、あれ、旦那《だんな》さん、行っちゃいましたけど……」

「大丈夫です。それより、早くここを出ちゃいましょう」

陛下を見送り、未《いま》だ戸惑う来趾の側《そば》に駆け寄った。

「州兵って……何かあったんですか……？」

「……はい。少し……」

「あの……さっきの話、もしかして此処《ここ》に魔獣が来るかもしれないってことですか……？」

不安そうに眉根《まゆね》を寄せる来趾。それに答えるすべはない。

返事もなく牢《ろう》の閂《かんぬき》に手をかける紗耶の無言の返答に、来趾の顔色が徐々に青くなるのがわかったが、気付かなかったフリをするしかないのだ。

紗耶は、燭台《しょくだい》はあれど十分な光度のない室内で、閂を外そうと苦闘していたが、

「……これ、普通の閂じゃないんですか……っ？」

一見普通の、棒を差し込んだだけの閂に見えたが、なぜか外れない。

「ぁ……なんか上の方にも、長い棒を入れてたような気がします……」

「上ですか……」

頭上を見上げて顔を顰《しか》める。狭い地下牢《ちかろう》とはいえ、天井付近には手が届きそうもないのだ。

（牢を開けてから行ってもらえば良かったか……）

とはいえ後の祭りだ。陛下が帰って来るのが早いか、それとも非常手段を使う方が早いか……。

しかし今、一縷を呼ぶには尚早だ。ここを起点として騒ぎを起こす前に、この死骸の用途や目的を調べたかった。

何とか牢を開けられないかと、奮闘すること暫《しばら》く――。

周りの荷物を足場に、上部の鍵《かぎ》になっている部分を手で探ってみるが、暗いのもあって仕組みがよく分からない。恐らく、閂のような単純な構造だと思うのだが、来趾が言っていたように棒のようなものが必要なのかもしれない。

「……無理そうですか……？」

「…………ちょっと棒を探してきます。大丈夫、絶対に戻ってきます」

見切りをつけて、道具になるものを探しに行こうとした。

——のだが。

「……ぁれ……紗耶さん、足音が……っ」

「…………っ！」

緊迫した来趾の囁《ささや》き声に、紗耶の緊張が一気に高まる。

……草むらを踏む足音が、数人分、聞こえてきたのだ。

（見張りが来る方が先だったか……）

焦る来趾にちらりと目配せをした紗耶は、ぴたりと静止すると、それから手早く足場にしていた荷物を端に除《よ》け、その奥に身を潜めた。同じように、来趾も牢の奥に座り込む。

「——……くそ……開けてからどれだけ経《た》った……⁉」

「……交替の前だったんで……」

「本当にまずいぞ……ちゃんと封をし直したんだろうな……って、何だこの臭いは……っ‼」

怒声交じりの会話をしながら地下牢に入ってきたのは、足音からして数人だった。

「っ、くっせぇな……おい‼　全然ちゃんと閉じられてねぇじゃねぇかっ‼」

バタバタと室内へ踏み込んできた男達は、死骸の入れられた箱が目的だったらしい。紗耶はしゃがみこんだ状態でそっと顔を出して、木箱を確認する男達を目視した。

「あれ、ちゃんと蓋《ふた》したと思うんすけど……」

「これじゃ臭いがダダ漏れじゃねぇかっ‼　魔獣の嗅覚《きゅうかく》を考えろっ‼」

「え、魔獣っすか？」

「あぁ～もういい！　さっさと壺《つぼ》を中に入れろっ！」

怒鳴り散らす男の言葉に、連れて来られた男が二人、再び扉から出て行った。その衣は陛下が着ていたものと酷似している。会話の内容からしても、先ほど紗耶達が出会った番兵の二人だろう。対して残った男は薄気味悪そうに木箱から離れると、牢の中を覗き見た。

――燭台に照らされて見えた横顔は、紗耶達を連れてきた、あの砂糖商のものだった。

「よぉ、大人しくしてるな」

気安く声を掛ける砂糖商に、座り込んだまま胡乱《うろん》な眼差《まなざ》しを返す来趾。

「……そう思うんならこんなところ、早く出してくれませんかね」

「ふんっ、そうだなぁ……本当ならゆっくり話し合いでもする予定だったんだがなぁ。……ここを使う事情が出来ちまったんだよ」

「…………？」

「すぐにでも出してやるよ。土産《みやげ》に砂糖も渡してやろう」

「は…………？」

突然の解放宣言に、唖然《あぜん》とした顔の来趾。そりゃあそうだろう。あんな無理やり、わざわざ時間をかけて連れてきたにもかかわらず、こんな簡単に解放するなんて、意味がわからない。しかも砂糖を土産に、だなんて、どんな冗談だ。

燭台の光が小さく揺らめき、砂糖商のニヤリと笑う顔に陰影が落ちる。

「どういう、ことですか……？」

「なぁに、そのままの意味さ。こんなくせぇ場所に閉じ込めて悪かったっていう、詫《わ》びの品さ」

やはりどこか大仰に含みのある言い回しをする砂糖商に、困惑顔の来趾。砂糖を欲していた彼だから、貰《もら》えるというなら喜んで頂くだろうが、何か裏があるような言い方が気になる。

来趾の警戒する姿に砂糖商が鼻で笑い、それから背後の扉を振り返った。

「――おぉ、あそこに並べろ。扉はさっさと閉めろよ」

男達が戻ってきたのだ。二人とも両手に壺を抱えている。……あれは確かに、調味料店に卸しにきた時に砂糖を入れていた壺と同じものだ。

（まさか、本当に……？）

本当に砂糖を渡すつもりなのか？　と呆然《ぼうぜん》と見つめていれば、いつの間にか壺が十数個、来趾のいる牢の前に並べられた。しかしそれでもまだ不足だったのか、男達は追加の壺を取りに出て行く。しっかりと扉が閉められた事を確認した砂糖商は、所在無げな来趾を無視して、懐から紙の束を取り出した。

燭台の光に近づけて、何かを確認する砂糖商。

ペラペラと何枚かに目を通しているうちに、再び扉が開いて男達が追加の壺を並べ始める。

「……あ、あの、これは……？」

とうとう我慢できずに来趾が問うと、砂糖商は男達に牢の門を外させ、扉を開いた。

「砂糖だぜ？　欲しかったんだろ？」

そう言いながら、壺を牢の中に運び入れさせる砂糖商。その様子に一層困惑する来趾だったが、一つの壺の封が開けられると、驚いたように目を見開いた。

「これっ……本当に、お砂糖を下さるんですか……？」

紗耶の位置からは見えなかったが、中には本当に砂糖が入っていたらしい。来趾が驚愕《きょうがく》の眼差しで砂糖商と壺の中を見比べている。

「あぁ、やるとも。土産に、な」

「……こんなにたくさん、ですか？」

「牢の中に入れたやつは、好きにすればいい。土産だからな」

そう言ってまた嘲笑《あざわら》うように口元を歪《ゆが》めた砂糖商は、再び封をした壺を並べ直すと、牢の外に出て、残りの壺を仕分け始めた。

これはココ、それは向こう、こいつは牢の中でいい、と、細かく男達に指示している。出荷前の砂糖を倉庫に置きにきた、というには少し不思議な光景だ。

……なにより、気になるのは、音だ。

（若干だが、重たく鈍い音と、軽く響く壺がある……）

軽微な差はあれど、運び込まれた壺は全《すべ》て同じ種類である。殆《ほとん》ど重さだって変わらないだろうに、紗耶の耳には二種類の音が聞こえていた。

（軽い……中身のない、空の壺がある……？）

しかも、その数の方が圧倒的に多い。来趾に中身を見せた壺以外には、数個しか重たい音はしなかった気がする。だが、全ての壺は同じように封がされていて一見して違いはわからない。

実際、来趾は全ての壺に砂糖が入っていると勘違いしているように見える。

……これじゃあまるで、全ての壺に砂糖が入っている、と偽装しているみたいだ……。

「その壺はこっちでいい……あぁ、とりあえずその木箱をこっちに避けてから……違うっ、こっちだ、貸せっ‼」

苛立《いらだ》った様子で紙束を握りしめていた砂糖商は、何かの指示が通らなかったのか、紙束を置いて自らも壺を動かし始めた。それはちょうど紗耶が身を潜めている荷物類の、すぐ隣だった。

一瞬、声を荒らげながら近づいてきた砂糖商に身を竦《すく》めた紗耶だったが、たちまちその意識は、目の前に置かれた書類に奪われた。

(……これ……収支の書き付け……っ⁉)

悪筆で書き殴られているが、これは間違いなく、砂糖商が管理している砂糖についての詳細な記録だった。今、一番確認したかった情報の一つ。

紗耶は見つからないようにしながらも、必死に目を凝らし、その内容を記憶していく。

(……なに、この二重になった数字……獣害が起こらなかったら、っていう予測の数字?)

数カ月にわたって記載されている数字には、途中から明らかな修正が入って、二種類の数字が管理されているように見える。

(次の書類も見たい……)

見えているのは一枚だけ。その下にもまだ沢山の証拠があるはずだ。

紗耶は思わず、そっと指を伸ばして、一枚目の紙をずらした。

（こっちの数字だと獣害なんて殆ど影響してない……領主にちゃんと納めて……え……？）

次の書類を見ると、今度は獣害の補填《ほてん》がどちらの数字にも加算されている。ということは、この片方の数字は、獣害が起こらなかったら、という可能性の話じゃない。

（帳簿の二重管理……？　砂糖は、魔獣の被害を受けていなかった……？）

恐ろしい速さで書類を目で追っていく紗耶。

そしてまた、次の一枚……と指を伸ばし……、

「――ほぉ……こんなところに鼠《ねずみ》が入りこんでいたか」

（やってしまった……っ）

書類の数字に夢中になりすぎて、思わず身を乗り出しすぎたらしい。

頭上から聞こえた声に、恐る恐る振り仰ぐと、

「やぁ、もう一人のお客人。……せっかく部屋を用意してやったんだが、気に入らなかったのかな？」

あからさまに見下した表情の砂糖商が、すぐ背後に立っていた。

「…………っ！」

「衣《ころも》も出しとけと言ったんだがな、着替えてないのか？　ん？」

絶対的優位な立場の砂糖商が、揶揄《やゆ》するように笑う。その奥には、焦ったように口を開けてソワソワする来趾と、警戒するように退路を塞《ふさ》ぐ男達……。

思わず肩を揺らして驚いてしまった紗耶は、動揺を隠すように低く息を吐いてから立ち上がった。

「……ちょっと、散歩に出ただけですよ。姐さまがお許しくださったので」

「姐さまだと……？　ちっ……あんのアマ……」

紗耶の返答に、小さく吐き捨てた砂糖商。すぐに振り返ると番兵の一人に、女手を呼んでくるように指示を出した。

「迎えを寄越《よこ》すからおとなしく部屋に戻んな。こんな臭《くせ》ぇ場所、長居したくねぇだろ？」

「私は、解放してもらえないのですか……？」

「あー……そりゃお前、捨てるには勿体《もったい》ねぇからな」

そう言って下衆《げす》に笑いつつ、来趾を警戒したのか再び牢の閂を下ろした砂糖商。木のぶつかる大きな音がして、もう外に出してもらえると思っていた来趾が焦った様子で格子に手を掛ける。

「…………⁉　っ、なぜまた閉じ込めるんですか⁉」

「まぁ待ちな。その時になったら勝手に開くから安心しろよ」

「勝手に……？」

自動ドアじゃあるまいし、どういう意図なのか全くわからない。しかし砂糖商はそれ以上の回答を拒むように手を振ると、

「いいから。……それよりもその手に持った書き付けを寄越しな。お前みたいな女には、意味なんてわかんねぇだろ」

そう言って向けられた手。

それは紗耶が無意識に掴《つか》んでいた、砂糖商の書類の束だった。せっかく見つけた証拠を手放した

くなくて、思わず拾い上げていたらしい。

紗耶は素直にその言葉に従おうとして……、

「……お屋形様って、どういう方なんですか？　私、お名前も知らないので、心づもりが……」

あえて砂糖商の要求を無視して胸元に抱え込むと、部屋に戻り渋るように一歩引いた。

時間がないのだ。ここで書類を手放して、次に見つけられる保証もない。読めないと思われているならそのまま、ついでに家名でも聞き出せれば万々歳だ。

しかし、聞こえなかったフリで誤魔化《ごまか》せるかは微妙なラインだった。

「……はぁ……これだから女は……。……お屋形様は田駕州でもとても大きなお家のご当主様だぜ。貴族としては低位だが、今後、中央政府にも広く顔を知られるお方だから安心しな」

溜息《ためいき》と共に面倒そうに頭を掻《か》いた砂糖商。どうやら彼は、紗耶が侍《はべ》るかもしれない相手に怯《おび》えていると解釈してくれたようだ。

説得するような言葉に、かかった……という本音は隠して、心細そうな様子を続ける。

「……そんなに有力な方なんですか？」

「そうだ。少し前なんて、お屋形様のご息女が後宮に召し上げられたんだぞ。このままいけば、ゆくゆくは皇妃となって国母《こくぼ》にもなれる御姫様《おひいさま》さ」

「…………!?」

後宮……？　皇妃……？

そんでもって、少し前に召し上げられた田駕州のお姫様、だなんて……。

「陸家と言っちゃあ、田駕州の南部じゃ相当知られたお家だぞ?」

居丈高に言い放った砂糖商の言葉に、紗耶は口をあんぐり開けたいのを、なんとか堪《こら》えた。

「陸家……」

「そうだ。間違っても聞いたことねぇ、なんて言うんじゃねぇぞ」

恫喝《どうかつ》するような言葉に、不謹慎にも乾いた笑いを堪える。

いやいや、知ってますとも。

ご当主もご息女も、よおっく存じております。

(ていうか、砂糖を扱う貴族なんて田駕州にはいっぱいいるだろうに、ピンポイントで陸家って……)

あの当主の強引で贅沢《ぜいたく》な様子を見れば、非情な手段を講じる事も考えられるとはいえ、順調に大きくなっていた事業をそんな形で壊すなんて理解に苦しむが……。

「普段は気前の良い方だが、怒らせると一刀両断だからな。容赦しねぇよ。今年だって不作の砂糖《さとう》黍《きび》を――……あー、この話はやめとくか……」

「え、不作だったんですか?」

砂糖黍が不作だったなんて、そんな話は聞いたことがない。あの当主だって恐ろしく景気が良さそうだったし、陽陵様も絶好調で……。とはいえ、農作物に関しては守備範囲外だ。紗耶が知らなかっただけで、農家の実情としてはそうだったのかもしれない。

……しかし、さっきの書き付けにはそれが数字として現れていただろうか……?

「ま、今年は寒くて、虫もよく出たからな……って、そんなこたぁいいんだ。時間がねぇ。さっさと――」

「――でもここにあるだけで凄《すご》い数の壺《つぼ》ですよね。全部お砂糖が入っているんでしょう?」

「そうに決まってるだろっ。余計な話をすんじゃねぇ！　いいからその書き付けを――」

――ドンドンドンッ！

「すいやせん、入りやす！　下働きの女を連れてきやした！」

苛立ち始めた砂糖商の言葉を遮って、不調法に扉を叩《たた》いて入ってきたのは、番兵ともう一人。紗耶に湯を持ってきてくれた、あの金髪を引っ詰めた女性だった。

口元を衣の袖《そで》で覆い、悪臭に顔を顰《ひそ》めながら中へと足を踏み入れた女は、室内に佇《たたず》む紗耶を見つけてあからさまに目を泳がせた。

「……あ、あの……お呼びで……」

「あぁっ⁉　お前、こいつをちゃんと部屋に閉じ込めとけよ！　姐さまが何を言ったか知らんが、これはお屋形様へのご献上品だぞ?　勝手をすんじゃねぇ！」

苛立ちをぶつけるように乱暴に言い放ち、しっしと手を振った砂糖商。

女はその指示に酷《ひど》く動揺した様子で、紗耶と砂糖商を見比べる。

「どうした。さっさと連れて行け」

「あ、はい……あの……っ」

「なんだっ、時間がないからさっさと――」

ピィイイイイイイ……ッ‼

怒りに声を荒らげた砂糖商の言葉は、今度は突如鳴り響いた警笛にかき消された。

「…………？」

「っ……まずい……。おい、急げっ！　お前はその書き付けをさっさと寄越すんだっ‼」

瞬間、顔色を変えた砂糖商は、どうしていいかわかっていない部下達をよそに、何度も扉を振り返りながら紗耶へと詰め寄った。

無理矢理にでも書類を奪い返そうと、逃げる紗耶との攻防戦を繰り広げる砂糖商だったが、意識は常に扉……いや扉の外に向いているらしく、しきりに背後を振り返っては焦燥感に顔が歪みはじめる。

「くっそっ。時間が……っ」

「どうしたんですか、さっきの音は？」

「うるせぇ‼　いいからさっさと渡せっつってんだろっ！　読めもしねぇ書き付けを持って、どうする気だ⁉」

「警笛ですよね？　何か起こったんですか？」

「あぁあめんどくせぇなぁ！　じゃあいいっ、お前もここに閉じ込めるぞっ！」

書類を体で隠し続ける紗耶に、埒《らち》が明かないと判断したらしい砂糖商は、扉を気にしつつも最大限の脅し文句を口にした。

……筈《はず》だったのだが。

「……あぁ、時間がないんですよね。——腐肉を漁《あさ》る、魔獣が来るから」

「…………!?」

「ここに閉じ込める、ってことは、お砂糖でもくださるんですか？　……冥土《めいど》の土産《みやげ》に」

「…………っ……」

ひらひらと、一枚の書き付けを手に艶《つや》やかに笑う紗耶を、誰《だれ》もが呆然《ぼうぜん》と見つめた。

「な…………なんでそれを……っ」

焦燥すら忘れて、ぽかんと見つめてくる砂糖商に、紗耶は困ったように小さく眉《まゆ》を下げた。

「本当にそうだったんですか……」

「っはぁ!?　ってめ……どういうことだ……っ」

いや、そこの番兵が匂わせてたんで。……なんてことはおいといて。

「時間がないので端的に。この書き付けの内容は、貴方が掌握している製糖施設……ひいては陸家の一部ですか？」

「一部だと!?　俺ぁそんな下っ端じゃねぇぞっ！　陸家の筆頭を舐《な》めんなっ！　ご領地の大部分の収穫を取《と》り纏《まと》めてるんだぞ！」

「ではこの、降って湧《わ》いたような砂糖の在庫、そしてそれと同価値程度の国からの補填金について、ご説明願えますか？　ついでに、獣害を受けた他家からも無事な砂糖を買い占めているようですが、どんな意図があるんでしょうか？」

「……は……？　お前、もしかして……女のくせに字が読めるのか……？」

書き付けの該当する部分を指し示しながら話す紗耶に、砂糖商の顔が歪《ゆが》む。煽《あお》るように嘲《あざけ》りの表情を作ろうとして失敗しているのは、混乱した者のそれだ。

「女だから、と勝手に決めつけるのは良くないと思いますが……」

「……っ、貴族だってそうそう女は文字なんて読まないぞ！　しかもこんな……収支の書き付けが読めるもんかっ！」

「因《ちな》みにこっちの指示書では、砂糖の卸先を全《すべ》て皇都のみに絞っていますね。他家から買い込んだ分まで、全て皇都に過供給しているようですが……半分以上はご当主やお嬢様の手土産用ですか。景気良く砂糖を大盤振る舞いしている裏では、こんな事情がおありだったんですねぇ」

「……お前……どこの家の……」

「──私は貴族じゃないですよ。そんなことより、時間、大丈夫ですかね？」

「…………っ‼」

余裕そうな紗耶の言葉に、焦って周囲を見渡す砂糖商。こんな場所から何が見えるというのか、と失笑したい気持ちになるが、彼のその態度こそが雄弁に事態を物語っている。

「えぇいっ、今更それが読めたところでどうなるってんだ！　じきにココは魔獣に喰《く》い散らかされる。……そう、そうだっ！　お前はその書き付けでも、冥土の土産にするんだなっ‼」

「それで私と来趾さんは、運悪く、砂糖を喰い荒らしにきた魔獣たちの巻き添えで死んでしまうんですよね。……あたかも砂糖が食い荒らされたかのように、大量に置かれた空の壺の残骸《ざんがい》と一緒に」

「…………ちっ……」

「なっ……空の壺……⁉　本当なんですかっ……⁉」

憎々しげに舌打ちをした砂糖商を見て、絶句した来趾が、慌てて近くの壺の封を開けた。

そして、顔を蒼白《そうはく》にして固まった。

「ほんとに空っぽだ……これも……これも、これもっ‼　どうしてっ‼」

ひとり牢《ろう》の中で悲鳴を上げる来趾に、番兵も女も、ただ呆然と立ち尽くしている。彼らにとっても全くの初耳だったのだろう。

「えぇっ、いや、その壺は保管の為《ため》に封をするって……なぁ？」

「でも、今までそんな面倒な事したことあったか……？　田駕の本家だって、空の壺はまとめて大きな布を掛けたぐらいで……」

「私、そういえば本家からきた子から、似たようなこと聞いたかも……。せっかく綺麗《きれい》に保管の準備をしたのに、全部魔獣に割られて災難だったたって……」

室内の視線を一身に集めた砂糖商は、わなわなと震え、そして……肩を落とした。

「はんっ……そりゃあ、お前《め》ぇ……不作だったたからだよ」

自嘲《じちょう》するように、手に持っていた残りの書類も投げ捨てる。

「砂糖がなけりゃ陸家なんて、田駕州の中のいち下流貴族。皇都なんて足も踏み入れられねぇ。例外続きで皇妃様をお定めにならねぇ陛下に、御姫様《おひいさま》を薦めたいお屋形様には、ゆっくり財政を整え直す余裕なんてなかったんだ」

「それで……魔獣を使って砂糖の被害を偽装することを？」

「別に砂糖なんてただの貴族の贅沢品《ぜいたくひん》だろ。地方に行き渡らなくたって、でっぷり太った貴族どもが口寂しい程度じゃねぇか。俺は誰に売ろうがどうしようが、結果、俺の手元に金が入ってくりゃあそれでいい」

「しかしそれで職を追われた者や、被害に遭った者がいるんですよ？」

「へ……知るかい。そういや、最初にあの『魔獣呼びの死骸《しがい》』を運んできた呪術師の使いっ走りは、一番に喰われておっ死《ち》んだなぁ……。……そう、すぐにでも凶暴な魔獣が喰い荒らしに来る。奴らは敏感だからな。いつも封を解かれてそう時間はかからねぇ……。そんでもって、お前らが喰われてくれりゃあ、俺はヘマを隠せて万々歳さ！」

そう言い捨てた砂糖商が、脱兎《だっと》のごとく扉へと向かった。

見た目からは想像がつかないほど、恐ろしく機敏に飛び出していった砂糖商。

残された面々は思わず呆然と見送ってしまったが、ハッと我に返り同じように扉へと向かった。

――が。

「くそっ！　閂《かんぬき》がかけられたぞっ！」

「嘘《うそ》だろおいっ‼　俺たちまで巻き添えかよ⁉」

番兵の二人が扉を開けようとするも、それより一瞬早く閂を下ろされてしまったらしい。

ガタガタと揺らしては、体当たりを繰り返しているが、簡単には壊すことができないようだ。

「そんな……っ、このままじゃ魔獣が……っ」

震える声で格子を握る来趾。

当然、一番不安なのは彼だろう。何と言っても、この地下の更に座敷牢《ざしきろう》の中に閉じ込められているのだから、扉が開いたところで逃げることもできない。……逆に言えば魔獣からは一番遠い位置にはいるのだが、木の格子など大した時間稼ぎにもならないのは明白だ。

パニックを警戒して来趾の元へと駆け寄る。

「来趾さん。大丈夫ですから、落ち着いて」

「でも……っ、魔獣が来たら全員殺されちゃいますよっ⁉　落ち着いてなんてっ……そ、そうだっ、州兵は⁉　あのっ、旦那《だんな》さんが呼びに行ってるんですよね⁉」

「今呼びに行っています。すぐに来てくれますから、まずは落ち着いて壁まで下がって――」

「っ、いいやダメだっ！　州兵がそんな簡単に動いてくれるはずがない……っ！　魔獣が来るだなんて憶測、鼻で笑われて終わりだ……その間に魔獣が……っ」

「大丈夫です！　絶対に、州兵を連れて来ます」

「そんな保証がどこにっ⁉」

悲痛な来趾の言葉に、砂糖商の置いていった書き付けをしっかりと握りしめた紗耶は、涼やかな表情で告げた。

「……私に出来ることなんてたかが知れますけど。それでも、目の前の人を救うためには全力を尽くします。それは、あの人もです」

「だから――」

「だから、大丈夫ですよ。……民の希望と信頼の為に在る、ということを、何より重く受け止めている人なんです」

「は………？」

意味がわからない、とポカンとした表情を浮かべる来趾。

それに対して、紗耶は晴れやかに笑った。

何となく、痛快だったのだ。

自慢できる陛下だと、それだけは間違い無いのだと確信しているから。

「え……紗耶さん、それはどういう──」

「──やっぱり……」

扉を蹴破《けやぶ》ろうとする喧騒《けんそう》の中、ポツリと呟《つぶや》いたのは使用人の女だった。

彼女だけは固まったまま微動だにしていなかったのだが、その目が、強い眼差《まなざ》しで紗耶に向いた。

「………？」

何かを確信したような、言いたげな様子に、首を傾《かし》げた紗耶だったが──、

「……っ、あんたはこっちに……っ」

「へ………？」

決心したような表情の女が、何故か突然走り寄ってきて、紗耶の外套《がいとう》代わりの掛け布を引っ張ったのだ。

しかも結構強い力で引き寄せられるから、おっとっと、と体勢を崩しそうになる。

「こっち！　この箱に入ってっ！」

「え、えぇ……!?」

引っ張られすぎて取れてしまいそうな掛け布を何とか掴《つか》みつつ、示された先を見て驚いた。

それは空の壺《つぼ》の向こうに、放置された何個もの木箱が積み重なっている一角だったのだ。

「上から残りの箱を載っけてあげるから！　この中に隠れてなさいっ」

そう言って紗耶を押し入れようとする女。

いやいやいやいやっ！

私いま、凄《すご》くかっこいいこと言ったところなんですよ！

隠れちゃダメなんですってば！

厚意は有難くも入るわけにはいかない、と丁重にお断りしようとしたのだが、それより早く――、

――ガタンッッ……ガリッガリッッ……グルゥゥウ……！

「っ…………‼」

「き、きたっ……きたのか……っ!?」

「うそだろ……逃げ、誰か………」

ナニかが扉を破ろうとする、激しくぶつかっては引《ひ》っ搔《か》くような音……。

それと共に微《かす》かに聞こえる悲鳴と、不気味な唸《うな》り声。

「魔獣が……」

とうとう来たのだ。

その気配に、覚悟を決める。

州兵は間に合わなかったらしい。

……だったら私が、時間を稼ぐしかないのだ。

「っ、一縷《いちる》……っっ‼」

――バァ……ン……ッ‼

扉が破られた、と同時に飛び込んで来た魔獣たち。

恐ろしい勢いでなだれ込んでくる、どす黒い群れ。

腐臭の漂う鋭い牙《きば》から涎《よだれ》を垂らす、不気味な四足歩行の獣。それが室内、そして扉の外へと唸り声を上げながら列をなしている。

……その頭上を飛び越えるように、銀糸が駆け抜けた。

最前で紗耶たちの間に立ちはだかって威嚇するのは、銀の毛並みを逆立てた、一縷。

「ひぃいいいいっ！　魔獣が……っ！」

「ぎゃぁぁあっ殺される……っ」

叫ぶ番兵たちが、まろぶように紗耶達の後方へと逃げ込んだ。そして同じように、女と来趾も、目の前の壺を盾にするようにしゃがみこむ。

彼らには一縷も同様の魔獣として、恐怖の対象なのだろう。

「一縷っ、その箱を人のいない場所へっ！」

素早く指示を投げた紗耶。彼ら魔獣の求めるものが、あの箱の死骸ならば、あれをどこか人里離れた場所へやればそれで良いはず。

すぐに一縷が一声、大きく吠《ほ》えて威嚇し、一瞬たじろいだ魔獣たちの間をすり抜けて木箱を口に咥《くわ》えた。

張り詰めた緊張感の中、一縷を囲うように距離を空けて取り巻き始める魔獣たち。一縷が様子を窺《うかが》うようにゆっくりと前脚を出せば、同じだけ動く。そして匂《にお》いを嗅《か》ぐように鼻を鳴らしていた。

……やはり、あの木箱に引き寄せられているのだ。

何かを躊躇《ためら》うようにこちらを振り向く一縷に、行って、という意味を込めて頷《うなず》けば、瞬時に身を屈《かが》め扉の外へと跳躍する銀の獣。

すかさず追従する魔獣たち。

「魔獣どもが出ていくぞ……っ」

「銀色のやつは味方してくれたのか……？」

驚いたような、だが安堵《あんど》したような囁《ささや》きが聞こえ、つい……この流れにホッと気を抜いてしまった。

「——紗耶さん危ない……っ‼」

「……え……？」

集団を離れた魔獣の一体が、何を思ったのか紗耶の方に走り込んできたのだ。

「つきゃあぁ……っ！」

最前で立っていた紗耶のすぐ頭上を駆け抜ける獣。

腐臭とともに恐ろしい風圧がぐわっと紗耶の身体《からだ》を襲い、地面に叩《たた》きつけられる。

「っ、紗耶さん……っ！」

「あんたっ……‼」

格子を一部破壊してから足を止めた魔獣は、方向を見失ったかのように首をグルリと巡らせ、そして、倒れる紗耶の目の前で立ち止まった。

何とか頭を上げる紗耶。

その視界に映ったのは、どす黒く汚れた鉤爪《かぎづめ》だった。

フシュ……ゥ…………。

色が見えそうなほどの腐臭。

ぼたぼたと垂れる粘液は、涎か。

「…………っ」

混乱に心が乱れたのは、一瞬だった。

深く、細く息を吐き出せば、頭の芯《しん》が冴《さ》え冴《ざ》えとして、恐怖心が吹き飛んだ。

「……紗耶……さん……」

すらりと立ち上がった紗耶。

外套代わりの布が肩を滑り落ちたが、そんなこと、今は構っている場合じゃない。

目の前の異形を、ひたりと見据える。

血に狂った双眸《そうぼう》は淀《よど》んで、だらしなく開いた口からは、飛び出た舌が垢《あか》に塗《まみ》れた牙を舐《な》めている。

「……あ、危ないわよ……」

後方から不安そうな声が聞こえたが、紗耶は何故か、微塵《みじん》も恐れを感じなかった。

絶対に従えられると、何故か確信していたのだ。

グルルル……グルゥ……。

低い唸り声が、徐々に小さくなる。

静かに見据える紗耶の、表現しがたい威圧感。それを忌避するように、魔獣が小さく頭を下げ、ゆっくりと後ずさり始めたのだ。

——この獣は、地下に充満する死臭に、獲物の行方《ゆくえ》を見失っただけにすぎない。

「……行きなさい」

淡々と扉を指差す。

言葉が通じるとは思っていなかった。

けれど、それで伝わる気がした。

じりじりと下がっていた獣が、萎縮《いしゅく》するように首を竦《すく》め、そして、

「……うそ……」

「帰っていく……?」

唐突に身を翻したのだ。

扉をくぐり、バッとどこかへと駆けていく魔獣。

一気に、新鮮な風が吹き込んできた。

「……っ、た、助かった……!」

「死ぬかと思った……」

大きく息を吐き出す音が聞こえて、紗耶も一つ、深呼吸をしてから振り返った。

破壊された格子と散らばった木片。壺も何個か割れていたが、幸いにも砂糖は入っていなかったようだ。

番兵達は腰を抜かしてへたり込み、下働きの女も放心状態だ。

「……紗耶さん……」

「何とか、なりましたね」

壊れた格子の隙間《すきま》から呆然《ぼうぜん》と見上げてくる来趾に、晴れやかな笑みを向ける。

「ついでに牢《ろう》も破ってくれて一石二鳥でした」

「……は、はい……あの、貴女《あなた》は……」

なぜか戸惑った様子の来趾。

どうしたのかと小首を傾《かし》げた紗耶は、言葉の続きを促そうとした。

その時――、

「――なっ、なんで魔獣が出て行ったんだっ⁉」

扉から、驚愕《きようがく》した男の声が割り込んできた。

「……砂糖商……⁉」

「どうやって魔獣どもを……くそっ、死骸《しがい》がねぇじゃねぇか‼　あいつら、ここで喰《く》わずに咥えてったのかっ⁉」

破られた扉から忌々しそうな表情で入ってきたのは、逃げたはずの砂糖商だった。

額に髪が張り付くほどに汗をかいて、肩をいからせながら呼吸をしている。

「〜っくそっ……くそっ、くそっ、くそぉ……っ‼」

「……え、え……？」

恐ろしい形相で声を荒らげた砂糖商は、ギッと紗耶を睨《にら》み付けると、真っ直《ます》ぐに突っかかってきた。

大股《おおまた》に近づいてくる勢いに、思わず後ずさるが、数歩のところで壁に当たってしまう。

「逃げるな女っ、さっさと書き付けを寄越《よこ》せっ！　お前のせいで戻ってくる羽目になったんだからな……っ！」

砂糖商の怒声に、ハッと気が付けば手には何も持っていなかった。

（あ、さっき倒れた時に……）

突然の魔獣の暴走で手から離れてしまっていたのだ。おそらく、この残骸《ざんがい》たちの下敷きになっている。

薄い娼妓《しょうぎ》の衣を露《あら》わにした紗耶が、空の両手を上げたことで、その手元に無いことは察したのだろう。砂糖商が憎らしげな顔で周囲を見渡してから、再び紗耶に怒鳴りつけた。

「なんでお前、持ってねぇんだっ！　どこへやった⁉　どこに隠した⁉」

「……っ……ちょ……」

焦る砂糖商がその太い手を伸ばし、乱暴に紗耶の肩を揺さぶった。ガンガンと、壁に叩きつけるような激しさに思わず顔を顰《しか》める。外套代わりの布を落としたままの肩は剥《む》き出《だ》しで、手入れされていない爪が皮膚に食い込んで痛い。

何とか砂糖商の手を振り払おうとするが、その力は強かった。

「くそっ、時間が……っ。っ、さっさと出せっ！　出さねぇなら部屋ごと燃やすぞっ⁉」

何をそんなに逼迫《ひっぱく》しているのか、最終手段のような言葉を口走り、更に強い力で肩を揺らしてくる砂糖商。

「……っ、いた……」

「こうも計算が狂うなんてっ……くそっくそっ‼」

「ちょ、ちょっとちょっと、待ってくださいよっ、落ち着いて……っ」

慌てた来趾が壊れた格子を掻《か》い潜《くぐ》り砂糖商の腕を掴んでくれたが、強すぎる握力は更に深く紗耶の肩に爪を食い込ませる。番兵や使用人の女も、突然激しく取り乱した砂糖商にどうして良いかわからないらしい。

紗耶も、冷静な相手には冷静に相手をする自信があるが、こうも激情に力任せでこられるとどうにもならない。引き剥《は》がせない男の腕と痛みに、若干の恐怖を感じ始めていた。

「早くしろよっ！　魔獣に喰われなかっただけ有難てぇだろうが！」

「……っ、だから……っ」

「まずはその手を放してくださいっ！」

「うるせぇっお前は黙ってろっ！　喰われそこないがっ！」

「いた……っ……」

冷静に会話できる余地のない現状を認めるしかない。

……一縷を呼び戻す？

いや、まだそんな遠くまでは行ってないだろうし、もしかすると呼ぶ声は届かないかもしれない。

どうすれば……と焦る心とは裏腹に、頭に血の上った砂糖商は、苛立《いらだ》ちをぶつけるようにひたすら怒鳴り続けている。

「燃やされてぇのか⁉　その燭台《しょくだい》を木箱の上にぶちまけりゃあ、お前たち全員炙《あぶ》り殺しだぞっ！」

どうすれば……と、思わず、扉を見つめてしまう。

きっと来てくれるはずの、あの人が脳裏に過《よ》ぎり……、

「さっさと出せっ、じゃないともう――」

「――もう、どうなるんだ？」

「…………⁉」

「その手を放せ」

落ち着いた声は、耳に馴染《なじ》んだ重低音。

命じることに慣れた言葉には、抗《あらが》いがたい重みがある。

驚いた砂糖商が硬直し、ぎこちなく振り返る、その前に、

「わ……っ」

「大丈夫か、紗耶」

「は、い……」

強い力で引き寄せたのは、皇帝陛下、その人だった。

さっき別れた時のまま、簡素な身なりで髪を隠した姿ではあったが、周囲を圧倒するオーラは抑えきれていない。まるで睥睨《へいげい》するかのような無感動な瞳《ひとみ》が室内を見渡し、それだけで状況を悟ったらしい。一つ吐息を零《こぼ》して、突然の登場に驚く紗耶を見下ろした。

「無茶をする前に獣を呼ぶ、という啖呵《たんか》は？」

眉《まゆ》を寄せた陛下が、引き寄せた紗耶の腕を放し、それから剥き出しの肩を撫《な》でた。

その労《いた》わるような仕草につられて視線を落とせば、強く掴《つか》まれていた箇所に赤い爪の痕《あと》が残っているのが見える。

（うわ……そりゃ痛いわけだ……）

しかも結構ホラーな感じの見た目じゃん……なんて、どうでもいい感想を抱きつつ、冷静に現状を報告する。

「申し訳ありません。一縷《いちる》には今、木箱の死骸を遠くに運んでもらっています。推測はほぼ当たり、やはりアレは魔獣を呼ぶものでした」

「ふん……集まった魔獣どもが郊外に駆けて行ったのは、そういう理由か……」

その言葉にホッとする。全《すべ》ての魔獣がちゃんと一縷に付いて行ってくれたのか、それだけが気掛かりだったのだ。

しかしそんな紗耶とは真逆に、焦燥の声を上げたのは砂糖商だ。

「な、なんだよお前は……!?」

突然現れた男に怯《ひる》みながらも、精一杯の虚勢をはっているらしい。驚きに首を竦めたそのままでは、迫力なんてまるで無いのが滑稽《こっけい》だ。

そして当然の如《ごと》く歯牙《しが》にもかけない陛下は、男の言葉を完全に無視して自分の上着を脱いだかと思うと、それを紗耶の肩に掛けた。隠すようにぎゅっと前を閉じられると、陛下の体温に包まれた感じがして、不本意ながらも安堵《あんど》してしまった。

「外套《がいとう》はどうした」

「えーっと……さっき転《こ》けた時に脱げちゃいまして。その辺に落ちているかと……」

「迂闊《うかつ》な……」

呆《あき》れ果てたような陛下からは、若干の怒気が見えている気がする。

いや、今拾おうと思ってたんですよ……なんて。心の中だけで弁明していると、

「えと……紗耶さんの旦那《だんな》さん、ですよね……?」

ぽかんと見つめていた来趾が、小さく呟《つぶや》いた。

それに眉を吊《つ》り上《あ》げたのは砂糖商だ。

「旦那だぁ!? 部外者は引っ込んでろっ! こっちはなぁ――」

突っかかるように距離を詰めて来る男を、煩わし気に一瞥《いちべつ》した陛下。

「――州兵、捕らえておけ」

後方に向かって、簡潔に命じた。

「は…………？」

その意味を解す前に、砂糖商は地に伏していたのだろう。

瞬時に武装した数名の兵士がなだれ込み、瞬く間に砂糖商は取り押さえられた。

へたり込んだままの番兵や、使用人の女、来趾までも厳しい眼差《まなざ》しの兵士が取り囲み、万一不穏な動きがあれば容赦なく剣を向けられる。

室内は、たった一言で完全に制圧されたのだ。

「……な……な……」

呆然と、陛下を見上げるしかない砂糖商。

この男は一体誰なんだ、とその混乱した顔が訴えている。

「っ……な、なにすんだっ！　俺はっ、俺はなぁ、この陸の商いを取りまとめる男なんだぞ……っ⁉」

未《いま》だに自分の優勢を信じているとでもいうのか、地に伏しながらも悪あがきを口にする砂糖商。

確かに、この場にいるのがただの州兵だけならば、有力貴族に重用されている人間を捕縛するなど、不遜《ふそん》にもほどがある。罪を記した令状がないと、動くことなんてできなかっただろう。

それは砂糖商も気が付いたのか、

「っ、俺が何したってんだっ⁉　証拠でもあるのかよっ、州兵ごときが俺を捕まえようなんてなぁ……っ」

唾《つば》を飛ばす勢いで、精一杯周囲を恫喝《どうかつ》している。

「お屋形様に訴えりゃあ、お前らの首なんて簡単に飛ばせるんだからなっ！」

必死に言葉を重ねる砂糖商。しかし、州兵たちは微《かす》かな動揺も見せない。

なぜなら、目の前に至上の存在がいるからだ。

この皇国で唯一の、至高。

「誰の許可があってこんな馬鹿な真似《まね》を――」

「――馬鹿な真似、ねぇ……。そもそもお前は、紗耶を攫《さら》った時点で俺に斬り捨てられても仕方ないんだが？」

この国を統べる男が、冷徹に見下ろす。

「な……っ、そんな私刑、皇帝陛下がお許しになるわけ……っ」

「そうかな？　妃に傷をつけられて、私が黙っているとでも？」

凄《すご》みのある視線が、砂糖商を射抜いた。

「……き……妃………？」

「――陛下っ。ご報告申し上げます！」

唐突に、外から走ってきた兵士の一人が、陛下の前に叩頭《こうとう》した。

「屋敷内の掌握が完了しました。陸の当主も屋敷へ戻る途中だったようで、馬車のままこちらの指揮下におります」

「人的被害は？」

「双方ともにありません」

緊張に上ずった声で報告する兵士と、慣れた様子で淡々と受け取る陛下。

……そのやりとりを前に、驚愕の眼差しで口を閉じることも出来ない砂糖商。

「な……なん……いや……そんな……まさか……」

血の気の引いた顔は、真っ青を通り越して蒼白《そうはく》だ。

言葉を下す価値もないと言わんばかりに、褪《さ》めた眼差しの陛下を仰ぎ見て、直視することすら不敬であることも頭から抜け去っているらしい。

まぁ、陛下と至近距離で対峙《たいじ》できる人間なんて限られているから、ありえない、と現実を否定したくなる気持ちも理解はできるが……、立場を表明してしまった以上、陛下に対しての不遜な態度は、臣下として看過できない。

「陛下、御髪《おぐし》の布に何か……」

駄目押しとばかりに、声を掛ける。

凛《りん》とした紗耶の声は室内に澄み渡り、一瞬でこの場に貴人がいるということをしらしめただろう。

自分がその役割を果《おお》せると知った上で、効果的な言動を選んでいるのだから。

「……あぁ、来るまでに何匹か魔獣を斬り捨ててきたからな」

さらりとした発言だったが、それは本来なら驚異的なものだ。魔獣とは、一匹であっても数人の兵士が統制をとって狩るのだ。何匹かを斬り捨てる、なんて大言、精鋭の近衛《このえ》クラス以上の兵士か、それ以上の……。

陛下は、紗耶の指摘に布の端を掴むと、顔を顰め、素早く結び目を解《ほど》いた。

布の落ちるしゅるりという音。

と共に、ばさりと広がったのは、純黒の髪……。

「……禁、色………」

「……瑞兆《ずいちょう》……陛下……っ」

もう言葉は不要だった。

子供でも知っている何よりも尊い色に、砂糖商も、へたり込んでいた番兵たちも、それらに剣を向けていた州兵たちも、一人残らず姿勢を正して叩頭する。

一様に、陛下を中心として広がる光景は、あまりにも壮観だった。

「………紗耶」

ここが落としどころか、と目線で問いかける陛下に小さく頷《うなず》く。あとは然《しか》るべき場所で事の次第をきちんと聴取すれば良いだろう。この場が抑えられている限り、埋もれた書き付けも確実に回収できるから言い逃れは出来まい。

紗耶の返事に同じく頷いて返した陛下。これでようやく一つの懸念事項が片付いたのだ、と感慨にふける……間もなく。

唐突にひょいと差し出されたのは、

(……髪紐《ひも》かい………っ!!)

解いてしまった黒髪を鬱陶《うっとう》しそうにかき上げた陛下は、綺麗《きれい》に編み込まれた一本の組紐《くみひも》を手にしていた。威厳のある姿勢は崩していないが、絶対に内心、邪魔な髪をどうにかしてくれ……と困っているに違いない。

思わず普段通り、自分で結ってくださいよ、なんて軽口が出てきそうになり、何とか口を噤《つぐ》む。こんな大事な局面で、妃に拒否される情けない姿なんて見せたら、叩頭している民達が可哀想《かわいそう》すぎるだろう。

絶対に断れない状況でわざと頼んだな……と、じと目で見つめるも、相手は何やら楽しそうに背中を向ける。

「…………三つ編みでも？」

小さくボソッと嫌がらせを呟いたのは、せめてもの反撃だ。けれど紗耶が本当にするわけないと確信しているのか、陛下は喉《のど》の奥で小さく笑っただけなのが何だか悔しい。

どんな手入れをしたらこんなに手触りが良くなるんだ……、と羨《うらや》ましいぐらいのサラサラな髪を、手早く一つに結んだ。いつものように頭頂部で高く結ぶには、櫛《くし》がないから無理だったが、背中に流れる一房の黒髪は見慣れた陛下の姿だ。

出来ましたよ、と声を掛けるまでもなく振り返った陛下と視線が交わる。

帰るぞ。

口に出さずとも伝わった言葉は、何物にも代えられない信頼の証《あかし》に感じられて、少しだけ、胸が熱くなった。

＊＊＊

——そうして。

来趾にとって怒涛《どとう》の展開は、一生相見《あいまみ》える可能性もなかった皇帝陛下への拝謁《はいえつ》を以《もっ》て、あっけなく終わりを迎えた。

「そんな……そんな、馬鹿な…………」

陛下が立ち去り、ぱらぱらと頭が上がる中、叩頭したままの姿勢から身動きもできないらしいのは砂糖商だ。ぶつぶつと、現実逃避のような言葉を呟いている。

来趾自身も、本当に現実にあったことなのか夢心地であることは確かだ。……だって、言葉を交わしたのだ。あんな、思い返せば冷や汗しか出ないような軽口で。

哂州の片田舎《かたいなか》で、貴族に雇われる菓子職人見習いだっただけなのだ。それが、こんなことに巡り合うなんて、皇都に出てくるまでは考えもしなかった。

「……まさか……いや……でもあの女、陛下の御髪に…………」

未だ慟哭《どうこく》の中にいるらしい砂糖商の言葉に、一緒に捕らえられた紗耶さんのことを考える。

最初は本当に、綺麗な男性だと思っていた。城下には垢抜《あかぬ》けた人がいっぱいいるんだなぁ、そんな人が首を突っ込んできて何なんだ？　ぐらいにしか認識していなかった。

……なのに。

「巷《ちまた》では、今上陛下が皇妃様をお定めにならないと気を揉《も》んでいたけれど、噂《うわさ》なんてアテにならないもんだね……」

しみじみと呟く声は、隣で一緒に座り込んでいる使用人らしい格好の女性だった。陛下に拝礼できた興奮のせいか、顔が紅潮している。

来趾の視線を感じたのか、女がこちらを向いた。

「お前、一緒に連れ去られてきた男だろう？　念のために聞くけど、やましい関係じゃないだろうね……？」

「紗耶さんとですか⁉　まさか、とんでもないっ‼」

女の突拍子も無い疑惑に、慌てて目の前で手を振って否定する。

まさか、そんな。

綺麗な人だと思っていた。そして可愛《かわい》らしく、でも強い人なのだと。もっと親しくなりたいと思ったことは事実だったが、今ではもうそんな感情は吹き飛んで、ただただ尊敬に近い感情だった。

恐慌に陥りそうな事態に、紗耶さん一人だけが冷静に対処してくれたのだ。彼女がいなかったら、今頃全員が魔獣の餌になっていただろう。不敬かもしれないが、彼女は命の恩人なのだ。

陛下の背中を追うように、去って行った彼女のほっそりとした後ろ姿が思い浮かぶ。

「日輪の君の御髪に触れるのは、専属の結髪師か、もしくは……」

皇妃様だけ。

今でもそんな習わしがあるのかは知らない。が、庶民の間では大衆演劇や童話として広く知られていることだ。最初の誓いの口づけと共に。

「もしかしたら、陛下の御心は、既にお定まりなのかもね……」

女の言葉に、来趾も一人の民として、心の底から頷いたのだった。

〈終章〉

璃寛皇国《りかんこうこく》、尚書省《しょうしょしょう》・戸部《こぶ》。

「だ……っから、ここの補填《ほてん》額は、現物の砂糖を付加することによって減額になったと伝えましたけれど？　この地方はそもそも砂糖黍《さとうきび》の栽培は少なく、むしろ購入した砂糖を使った製菓が盛んなんです。お金だけ渡したところで、流通の少ない現状じゃ意味ない事ぐらい、わかりませんか？　それとも土地毎《ごと》の収支分布を、まだ、把握されておられないとか？　……次！」

鉄面皮に幾分かの亀裂が入った、戸部侍郎《じろう》・紗耶《さや》。

金髪の部分だけを緩い三つ編みにして片胸に垂らし、すっきり伸びた姿勢で官服を着こなす様は、氷華と名高い戸部の切り札たる所以《ゆえん》だ。

今日も涼やかな表情でブンブン言わせながら、上がってきた書類を蹴《け》散らしていた。

「紗耶くんの切れ味は今日も爽快《そうかい》だねぇ」

目元に隈《くま》を作りながらも朗らかに見守っているのは戸部尚書・佐伯《さえき》　踏青《とうせい》だ。紗耶の淹《い》れた紅茶を片手に、長々とした書類を精査している。普段より若干、笑顔が殺気立って見えるのは、砂糖の流通に関する重大な横領案件によって、戸部でも優先度の高い書類ばかりが飛び交っているからだ。

……そして。

戸部尚書の近くに椅子を寄せているいつもの賓客は、半分呆《あき》れた様子で小さく笑った。

「……戸部の異動率が高いのは、あいつのせいなんじゃないか……？」

「おや……。陛下が紗耶くんを連れ回して遊んでくれたおかげで、侍郎の仕事が滞っているのだと記憶していますが？」

「あ、遊んでないぞ⁉　……帰るついでに二日だけ、視察を兼ねた現地調査をだなぁ……」

ぴしゃりと鋭い戸部尚書の指摘に、そりゃ確かにちょっとは遊んだかもしれんが……と、馬鹿正直にボヤいているのは、この国の至高である皇帝陛下・玄《げん》　暁雅《ぎょうが》である。

上等ながら華美でない官服に身を包み、至高の証である黒い髪を高く結い上げた姿は間違いなく美丈夫だ。

そんな人が鬼気迫る紗耶を視界の端に、後ろめたそうに肩を竦《すく》めたのには理由がある。


――今日はもう、砂糖商による連れ去り騒動から七日経《た》っているのだ。


『……あら。あの子でしょう？　陛下のお呼びを受けたのって……』

『まぁ……見たことない子ね。獣憑《つ》きの田舎娘なのでしょう？　本当ですの？』

『普段ひきこもりの癖に、ここ数日、宮におられなかったとは聞きましたわ』

『宮の移動があったからでしょう？　あの娘、ひきこもっていた宮よりも更に後宮の端の、小さいあばら家みたいな宮に移ってましたわよ』

『まぁまぁ、それじゃあ降格じゃありませんか。って、今以上の下位なんてありませんけれどねぇ』

クスクス……クスクス。


紗耶が戻ってからの後宮も、至って平常運転だった。

暇な妃達《きさき》による噂話と、腹の探り合い大会。

問題なのは、

（その話題の中に、私まで入っちゃったって事なんですよねー……）

帰るぞ、と率先していた筈《はず》の陛下が、ついでとばかりに現地調査を兼ねた寄り道をしてくれやがったのだ。

といってもたった二日の事だったのだが、後宮を抜け出している紗耶にとっては死活問題で。かと言って戸部侍郎としては陛下を一人で自由にさせる気にもならず、小言を言いながら付いて回るしかなかったのだ。

その結果がコレだよ。

『あらまぁ、貧相なお姿ねぇ……』

『もし陛下がご寵愛《ちようあい》されているなら、あんな粗末な身なりで出歩かせませんわ。お付きの宮女も一人だけだなんて……』

『あの獣の事も知ってらっしゃるのかしら？　大型犬と言っても、あんな恐ろしい獣を側《そば》に置いている妃だなんて……』

一縷《いちる》だっつーの！

陛下ともなかよ……仲良し……ではないけれど……お互い良い距離感なんですっ。陛下はあんな感じだし、一縷の方も陛下を認めている、っていう感じで。

さすが一縷は天才だわ。……なんて、魔獣に対する褒め言葉じゃないだろ、とセルフツッコミをしながら李琳《りりん》を連れて渡り廊下を足早に歩いていく。……背後から、紗耶様への無礼は全部聞こえてますからね、と低い声が聞こえた気がしたが、振り向いたら負けだ。

そもそも本来なら今頃、抜け穴を使って尚書省に出仕している筈なのだ。

なのに……なのに……この噂話が止《や》まないおかげで抜け出せないのだ！

こっちは戸部の仕事を停滞させているからヤキモキしているというのに、陛下は、『戸部侍郎には砂糖に関する調査を任せている』と伝えているから後宮が落ち着くまで大人しくしておけ、と何故か宮の移動を命じられる始末。またしても敷地の端の端にある新しい宮は、自分的には好都合な引っ越しだったが、陛下の意図が不明すぎて落ち着かない。李琳なんかは張り切って新しい宮の中を快適にしようとあっちこっち動いているが、それを手伝って暇を潰《つぶ》そうにも、「紗耶様は大事なお身体《からだ》をお休めになっていてくださいませね」、と頬を染めて言われてしまえば、もう訂正する気力もなかった。

宮の外に出れば好奇の目が煩わしいし、一体いつまで大人しくしとけっつーんだ、と思ったところで、はたと、これって実は謹慎なんじゃ……と不安に思ってみたり。

基本的に忙しく動いている方が性に合う紗耶にとって、何も出来ない時間は一番の試練なのだ。

……であれば。

(自分から動いてやろうじゃないの)

と決断も早く、いつも通り官服を衣の中に着込み、渡り廊下を横切って抜け穴に行こうとしている途中だった。

『あんな娘が、本当に陛下のお呼び出しを受けたのかしら……?』

『……御渡りじゃないのなら、ご実家の方で問題があって呼び出された可能性もございますわよ……?』

『あらっ、うふふふっ。それは陽陵《ひりょう》様の事ですわね。良い気味ですわ』

『新入りのくせに蘭月《らんげつ》様や垂氷《たるひ》様に取り入って、目障りでしたものね』

『陛下の寵を頂いたとか言っておいて、ご実家があんな状態では……ねぇ……』

聞こえてきた噂話に、紗耶の顔が曇る。

陸《くが》の別宅で、あの砂糖商と並んで目にした当主の狼狽《ろうばい》ぶりは悲愴《ひそう》だった。

一貫して指示はしていない、砂糖商が勝手にやった事だと主張し、さめざめと自分の不甲斐《ふがい》なさを嘆いていたが、掘り起こした書き付けを、邸内から発見された数々の証拠とともに突きつければ、あっけなく肩を落とした。

やはり、不作で足りない砂糖を補うために、他家を偽装襲撃して砂糖を奪ったり、自分の屋敷を襲って被害が出たフリをして皇都に流していたのだ。

そんなことを全《すべ》て白状した後に、娘は何も知らず、砂糖豪農としての仕送りを受け取っていただけだから処分はどうか……と懇願してきたものだから、陛下も複雑そうな顔をしていた。

そもそも後宮という場を疎んでいるような気配がある人なのだ。陸の当主がこんな暴挙に出たのだって、娘を国母《こくぼ》にしたいという欲のため。陛下にとっては余計なお世話でこんな大それたことまでやらかしてくれて、頭の痛い話だろう。

(実際問題、陽陵様に関してはそれだけじゃないからなー……)

渡り廊下から中庭へと逸《そ》れ、人目の途切れた抜け穴の近くまで来た紗耶は、少しして足を止めた。考えていると絶対に遭遇してしまう……そんな謎な因縁めいた相手は勿論《もちろん》、

「……陽陵様……」

「なっ……なんですかっ、お前、こんな場所で……！」

貴女《あなた》こそこんな所でどうしたんですか、と聞こうとして、その姿に口を噤《つぐ》んだ。

亜麻色の髪に紺碧《こんぺき》の瞳《ひとみ》を持つ美少女は、実家の騒動を耳に入れた筈だろうに、煌《きら》びやかな絹の衣と玉のあしらわれた帯を巻き、髪に生花を挿した絢爛《けんらん》な装いは変わらずだった。それはまぁ良い。

その手に、大振りの籐《とう》の籠《かご》を持っている以外は。

「こ……この籠は別に……少し実家の梅が漬かりすぎてしまったから、処分しようとしていただけよっ。不敬だわっ、頭を下げなさい！」

聞いてもいないのに、紗耶の視線に気付いた陽陵様が、不愉快そうに声を荒らげて籠を後ろ手に

隠した。

やはりそうか、と落胆する。

今、彼女は抜け穴を使って梅の実を後宮の外へ運び出そうとしていたのだ。漬かりすぎていようが腐っていようが、何も知らなければ全て宮女任せにするだろうに、わざわざ彼女自身が証拠隠滅に動いているのだ。あの時、抜け穴で拾った梅もこれが真相なのだろう。

「なによっ、頭を下げなさいと言っているでしょう⁉　それとも何？　陛下に呼び出されたからって、私と張り合おうなんて思ってるのかしら？　そんな見窄《みすぼ》らしい格好で？」

口汚く罵《ののし》っているつもりだろうが、滲《にじ》み出《で》ているのは焦燥だ。やましい場面を見られたことへの焦りと、崖《がけ》っぷちの現状が、彼女の心を乱れさせているのだろう。李琳が、上位の妃に対して失礼であると承知だろうが、紗耶を守るように陽陵様との間に立《た》ち塞《ふさ》がろうとする。

ただ紗耶にはそんな程度の暴言、どうということはない。

大丈夫だよ、と言うように李琳に向けて軽く手を上げ、控えるように態度で示せば、そのやり取りに更に眉《まゆ》を引《ひ》き攣《つ》らせる陽陵様。

「わ、私はもうじき四夫人に入るのよっ。陛下にもお呼び立てしてもらってご挨拶《あいさつ》出来た……垂氷様だって降格したし、席は空いたのよっ。そのために……っ」

「――そのために、梅の蜜《みつ》と称したお酒を振舞われたんですか」

「…………っ⁉」

ぱっと顔色を変えた陽陵様。

愛らしい唇がわなわなと震え、どさりと取り落とした籠からは梅の実が数個転がっていく。かと思うとキッと睨《にら》みつけ、つかつかと歩み寄りながら右手を振り上げ――、

「っ……ひっ……！」

「……李琳、一縷……」

平手打ちしようとした体勢のまま、恐怖の表情で固まった陽陵様。――彼女の前には、両手を広げて紗耶を守る李琳と、更にその前に銀の毛並みを持つ獣が立ち塞がったのだ。

しなやかな肢体で音もなく跳躍してきた一縷は、その静かな眼差《まなざ》しを陽陵様へ向けている。

「李琳、一縷。いいよ、大丈夫」

彼女に出来ることなんてもう、紗耶を平手打ちするぐらいしかないのだ。……だって今もなお、梅の実を処分するぐらいに梅酒を漬け続けているということは、もう誤魔化《ごまか》せる量ではないのだろう。

紗耶の制止に素直に頭を下げた一縷は、するりと足元へとすり寄ってきた。李琳も再び控えるように少し後ろに下がる。

一縷の温かい毛並みを撫《な》でながら、紗耶は再び口を開いた。

「強いお酒を大量に振舞われた垂氷様は、酔って羽目を外しすぎて降格処分となってしまった……」

「……騒がしい事をしたのは垂氷様自身よ。私には関係ないわ」

「でもお酒だと知って渡したのでしょう？　あわよくば自滅すればいい、と」

「毒味役だって同じ壺《つぼ》から確認したわ。お酒だと分かったならそう言うでしょう？」

「そこが疑問だったんです。でも、やりようはいくらでも考えつきます」

これまで見かけた紗耶と違い、李琳と一縷を従えて凛《りん》と佇《たたず》む姿に圧倒されたのか、一歩、陽陵様が後ずさった。

「一番簡単に思いつくのは、毒味役の買収」

「……はんっ、ありえないわ。垂氷様の毒味役でも尋問してみればぁ？」

「では、梅の蜜の糖度の高さを利用した方法は如何《いかが》でしょう。本来の、発酵していない梅の蜜を水で薄め、濃度を下げたものを壺の上澄みに流し込んでおく」

「…………」

「これなら、毒味役への一杯として上澄みをすくって差し出せば、単純に飲みやすい梅の果実汁ですね。きっとすっきりと清涼感があって美味《おい》しかったでしょう。……毒味役の方に、梅の蜜を飲んだ感想をお聞きしても？」

「…………っ」

悔しそうに顔を歪《ゆが》める陽陵様は、歯軋《はぎし》りしそうな勢いで唇を噛《か》み締《し》めるも、反論は出ないようだ。

であれば。

これ以上、不穏分子を後宮に居座らせる気はない。

ここは陛下の安息のために在るべき場所なのだから。

「今なら、後宮を辞することも容易と思いますよ」

生家が失脚した今ならば、と暗に促せば、真《ま》っ赤《か》な顔で怒りを露《あら》わにした少女。

「この私にっ、出家しろと⁉　お前みたいな卑しい庶民がなんて口を利くのっ‼」

怒り心頭の彼女には、一縷への恐怖心なんてすっかり消え失《う》せていたのだろう。大きく振り上がった右手に、撫でていた毛並みがピクリと反応したのは気付いたが、あえてそのまま平手を受けた。

パシリ……ッ‼

乾いた音とともに頬が熱くなり、ジンジンと痺《しび》れる。

（……可愛《かわい》い見た目に反して、結構重たい一撃だわ……）

左手で頬を押さえながら、荒々しく呼吸する目の前の少女に視線を戻した。

ひたり、と見据える視界の端に、影が落ちる。

「……え……うそ…………そんな……」

頭を戻した拍子にするりと滑り落ちたのは、髪を隠していた布だった。

「う、嘘《うそ》よ……そんな、そんな髪色……瞳が黒いだけじゃ、ないの……⁉」

信じられないものを見るように、紗耶を叩《たた》いた右手を抱えながら後ずさる陽陵様。

李琳が落ちた布を恭しく拾い上げ、慣れた仕草で再び主人の髪を隠していく。悠然と宮女に世話をさせる姿は、視線を逸らせないほどの貫禄《かんろく》があり、どうしようもなく気品に満ちていた。

「今なら、私からは何も言いません。貴女も、私のことは言わないでくださいますよね」

彼女のプライドの高さであれば、自ら敗北を認めるようなことは決して口にしないだろう。格下だと思っていた紗耶が、黒々と美しい髪を隠していたなんて、絶対に認めたくないに違いない。

「いや……嘘よ……御即位されても全然、瑞兆《ずいちょう》の気配はなかったんだもの……。今上陛下には『月輪の君』は遣わされなかったって、聞いたもの……。知っていたら、そんな……きゃっ」

首を左右に振りながら後ずさっていた陽陵様が、草むらに足を取られて尻餅《しりもち》をついた。

そのまま、へたり込むように紗耶を見上げる。

静かな眼差しで見つめてくる黒々とした双眸《そうぼう》。そして両脇で控える献身的な宮女と、人智を超えた存在としか思えない、白銀の獣……。

その顔は、憑《つ》き物《もの》が落ちたように消沈していた。


「…………後宮を、辞します」


そうして、陽陵様が自ら妃の位を返上した夜。

紗耶は新しい宮で、寝台に寝転んでいた。

李琳には既に下がってもらっていたから、側に寄ってきた一縷《いちる》の毛並みを撫でながら一人、明かり取りの窓から覗《のぞ》く高く上がった月をぼんやりと眺めていた。

「……思えば、寝場所が変わったのって、ここに来て以来はじめてだなー……」

最初に陛下に出会って後宮の宮を与えられてから、五年間ずっとその天井を眺めていたのだ。改めて考えると、ずいぶん感傷的な気分になる。

「なんか……変な感じ」

この五年、色々あった。その上で今の自分がいる。

元の世界に戻りたい、という当たり前の感情すらいつの間にか消え去り、今の紗耶にとってはこの世界こそが現実だ。

戸部の中で必要とされ、必要とされる場所に貢献したい。……なのに。

「いつまで謹慎なんだよー。陛下のばかやろー……」

「――誰《だれ》が馬鹿だって？」

（は…………？）

突然聞こえた声に、一瞬幻聴を疑った。

……が、

「暇そうだな。踏青はそろそろ目の下に隈《くま》が出来ているぞ」

ガタリ、と奥の棚の背面が動いたかと思えば、薄い板がひょいと外れ、中から黒髪の美丈夫が姿を現したのだ。

寝台の上で身を起こしたまま、唖然《あぜん》と口を開く紗耶に、陛下は悪戯《いたずら》っ子のように笑った。

「ははは、さすがのお前も驚いたか」

「……お、驚いたってもんじゃないですよっ、何してんですか貴方《あなた》はっ‼」

瞬間的に頭に手をやり、まだ湯上がりの濡れ髪に布を巻いていたことを確認して安堵する。

「あぁ、ちゃんと獣も一緒か。良いことだ」

勝手にずかずかと入り込んで来た陛下は、寝台に歩み寄ると、気負うことなく一縷の背を撫でた。

「綺麗《きれい》な毛並みだ」

そう言って、信頼感がないと出来ないだろう、ガシガシとした手つきで一縷とのコミュニケーションを取る陛下。

当の一縷も、常であれば誰かが現れればすぐに察して身を固くする筈《はず》なのに、力を抜いて寝台に寝たままだ。

「……なんだ、何を驚いている？」

「いえ……一縷を撫でた人は、陛下が初めてです……」

そう、誰もが恐れ慄《おのの》いて逃げる魔獣なのだ。しかもこの人は、大型犬じゃなく確かに魔獣だと知っていて、こんな態度を取っているのである。その剛胆ぶりに呆《あき》れ返《かえ》る。

「お前に懐いているんだ、大丈夫だろう？」

「それは……そうですけど。………そんな危機意識でこの国、大丈夫なんですか？」

「……………お前にはもう少し反省しておいてもらおうかな……？」

「ああああああ嘘です嘘です、一縷も喜んでますー。早くここから出して――」

一気にいつもの調子に戻った掛け合いに、冗談交じりに笑いながら寝台の端に座る。すると陛下も隣に座り、その後ろに一縷が身体《からだ》を横たえた。

一応ここ、女の子の寝台なんですけど……なんて機微を求めても無駄だろう。後宮という敷地は全《すべ》て、この男ひとりの為《ため》に整えられているのだから。

案の定、座り心地を確かめるように何度か寝台を軋《きし》ませた陛下は、それから子供のようにニヤリと笑った。

「そんなに出たいなら仕方ない。……後宮の方もケリがついたようだしな」

後半のスルーし難い発言に、少しの間を置いて合点がいった紗耶。この男は、陽陵様の対処に苦慮して紗耶任せにしていたのだ。

なんて奴《やつ》だ、と我慢することなく溜息《ためいき》を漏らす。

「……ご自分で采配《さいはい》すればすぐだったでしょうに……」

「俺はここには関わらないと決めている」

しれっと言い放った男に、一瞬殺意を覚えたのは言うまでもない。

妃の処遇なんぞ自分でやれ、自分で！　と叫びたいのを堪《こら》えて、ぽっかりと穴が空いた先に空洞の見える、部屋の片隅を指差した。もう終わったことはいいのだ。問題はあの大きな穴の方なのである。

「関わらないと言いながらも、この部屋の、あの抜け道は何なんですか？　夜這《よば》い用ですか？」

「っ、よば……っ、ち、違うぞ！　俺はお前が今後、出仕しやすいようにだなぁ……！」

「え！　この道、尚書省に繋《つな》がってるんですか⁉」

陛下の言葉に、鬱屈《うっくつ》した心境も吹き飛んで空洞に駆け寄った。地下に続いていく道の先は暗くて見えない。

「いや、この先は官舎の近くの空き部屋だ。何かあった時に使われる、抜け道のうちの一つだが……」

隣に歩み寄って来た陛下が、穏やかな眼差《まなざ》しで紗耶を見つめた。

「お前は大事な……臣下だからな。踏青の信頼も篤《あつ》い」

途中一箇所、言いにくそうに言葉を詰めた陛下の切ないような表情に、何故か胸を締め付けられた気がしたが、なんとなく、しっかりと向き合っちゃいけない感情な気がして、紗耶は小さく続きを促した。

「………では？」

「明日から、この道で出仕すればいい。……陸の娘の自白で、あの抜け道は極秘裏に塞《ふさ》がれる予定だからな」

「……っぁ、ありがとうございますっ」

陛下からの出仕許可に、素直に笑みがこぼれた。

謹慎処分なのかもしれない、やはり女だと分かって除名処分になるかもしれない、と不安だったのだ。

「……現金なやつだ。そんなに戸部が好きなのか……？」

「やっぱりやりがいのある仕事って良いですよ！　明日から張り切って出仕しますので、よろしくお願いしますっ」


……という。

長いながーい経緯があって、紗耶は今日、ようやく出仕できたのだ。

戸部の戸を開けば死屍《しし》累々。笑顔で限界突破している絶対零度の戸部尚書によって、ゾンビ化した官吏たちが悲愴《ひそう》な顔で書類に向かっていたのだから、紗耶だって鬼気迫る勢いで書類をさばいて詫《わ》びるしかない。

そして、こんなクソ忙しいタイミングで、陛下がいつものようにひと休憩と称して顔を出して来たのだから、邪険に扱うぐらいは許してほしいというものだ。

「戸部侍郎、吏部《りぶ》と折衝してまいりますので離席します」

「はい、頑張って」

「中書省《ちゅうしょしょう》の定例で三人出ます」

「はい、変な法令を策定させないよう」

「戸部侍郎、工部《こうぶ》侍郎がお見えです……」

「わかりました。今から貴方は仮眠に行ってください。うたた寝していたのでしょう、顔じゅう墨だらけですよ」

なるべく早く戸部を正常化させる為にも、無理そうな人間はさっさと休ませるに限る。ホッとしたような彼が眠そうに自席へと戻る姿を確認してから扉を見れば、

「やぁ、戸部侍郎。今日も綺麗だね」

「……工部侍郎。お疲れ様です、何かご用で？」

長く垂らした茶色の髪を緩く片側に流した工部侍郎は、今日も少しの気怠《けだる》さを醸し出す、世俗離

れしたお貴族様だった。

軽すぎる挨拶《あいさつ》をさらりと躱《かわ》した紗耶は、時間を割く気はない、とばかりに用件を切り出したが、工部侍郎は紗耶の奥を確認して目を見開いた。

「陛下……っ？　御前失礼しております」

「良い。今は休憩中だ。この場では忌憚《きたん》なく」

まるで官吏のごとく自然に椅子についていた陛下に、驚いた工部侍郎が最敬礼で挨拶をした。その所作は見惚《みと》れるほどに優雅で、威厳のある対応をする陛下と対すると美しい一枚絵だ。

「休憩中ですか……では失礼して、戸部侍郎に」

少し戸惑った様子を見せつつも、それだけで納得したらしい工部侍郎は、そう言って紗耶に一枚の書類を差し出した。

「このあいだの不正な決裁書の件、田駕《たが》州の地方官が出してきた偽装値の本来の数字は、こうらしい」

「…………これでしたら、納得です。矛盾はありません」

渡された情報を瞬時に把握した紗耶は、冷静な眼差しで工部侍郎を見返した。あの書類の杜撰《ずさん》な数字を覚えている紗耶にとっては、ようやく適切な全体像を知れてすっきりだ。

「いつもながら、本当に読んでいるのか疑いたくなるくらいの処理能力だね……工部《うち》に欲しいぐらいだよ」

「……で、この数字が出て来たということは、不正に関与した地方官が洗い出せたということですか」

緩く含み笑う工部侍郎の戯言《ざれごと》は綺麗に聞き流し、紗耶は核心を問うた。

「ふふっ、そういうことだね。更に辿《たど》れば、陸の当主に話を持ちかけられて横領に手を染めたらしい。取り分は八：二だったと」

「……地方官まで巻き込んでいたなんて、凄《すご》い行動力というか、人間力というか……」

それだけの伝手《つて》を使えるなら、もっと他に手段があったろうに……。

「ま、そういう顛末《てんまつ》だったということで。気になっているだろうから教えてあげようと思ってね」

「あ。有難うございます、すっきりしました」

紗耶の礼に、何故か色気が滲《にじ》み出《で》る工部侍郎の微笑《ほほえ》み。女の子なら一瞬で恋に落ちるんだろうなー、なんて冷静に観察する紗耶は、今は相手もいないのに……と心の中でばっさり切り捨てた。

「……ふふ……面白いなぁ。本当ならもう少し揶揄《からか》いたかったんだけれどね。うちも今、余裕があるわけじゃないから、残念だけどお暇《いとま》するよ……。そうだ戸部尚書、うちの上司が今回の件での全体的な補正予算について相談したいそうなのですが、少しお時間宜《よろ》しいですか？」

あっさりと雰囲気を切り替えた工部侍郎は、紗耶から視線を外すと戸部尚書に声を掛けた。

「あぁ、それ、こっちから質問していたんだよね。今から行こう」

素早く応じた戸部尚書は、書類の束を片手に席を立った。

そして工部侍郎と連れ立って部屋を出ていく……。

パタリ、と扉が閉じ、

「………あれ。私だけになっちゃいましたか……」

気が付けば室内には、紗耶と陛下だけしか残されていなかった。殆《ほとん》どの官吏は徹夜続きの疲労が濃く、既に官舎に戻したから仕方ないが、こうも静かになると寂しい気分だ。

戸部尚書の隣に椅子を寄せていた陛下も、ぽつんと一人になるとさっさと紗耶の隣に移動してきて、暇そうに頬杖《ほおづえ》をついてこちらを見上げた。

「……お前は生き生きしてるな……」

「そりゃ、あんな場所に閉じ込められていたら、激務の楽しさ再発見ですよ」

だってする事がないって、時間の流れがすごく遅いのだ。一日が無為に過ぎていくことを嫌でも実感させられる。

行動する方が好きな性格だから仕方ない。

……そんな、深い意味のない返事をしたつもりだったのに、

「……閉じ込めたのは、俺だったな」

自嘲《じちょう》気味にポツリと呟《つぶや》いた陛下に焦る。

「いやっ！　違いますよ⁉　陛下には感謝しています！」

「あんな場所に押し込んだのに？」

「……行く当てが、無かったんです。陛下に拾ってもらわなかったら、今頃《いまごろ》、山の中で野生児になってたんじゃないですかね……」

本当に。一縷《いちる》と一緒に山で自給自足をするぐらいしか思いつかなかっただろう。

そんな姿を想像でもしたのか、表情を和らげた陛下が吹き出した。

「ふ……ははは っ、それなら拾って正解だったな。戸部としても得難い人材を手に入れられたようだし……」

「そうですよ。こんなに働き者なんですから、もっと重用して——」

なんだか肩を並べているのが気恥ずかしくて、書類を片手に会話をしていて気が付かなかった。

「——そうだな、こんなにも特別待遇なんだ。裏で手を回す俺のことも、少しは労《ねぎら》ってくれ」

真横で聞こえた、あまりにも近すぎる美声に首を竦《すく》めて隣を向けば、

「……あ…………」

ちゅ。っと。

小さいリップ音と共に、柔らかい感触が唇に残った。

少しして、近過ぎて焦点の合わなかった端整な面差しと、視線が交わる。

「三回目だな」

「……は…………？」

「——ちょっと陛下。神聖な戸部でそれ以上手を出したら怒りますよ。あと、口づけは一応、貴方にとっての誓約だったと記憶していますが」

何があったんだ、と呆然《ぼうぜん》としている間に開いた扉には、呆れたような、揶揄い交じりの戸部尚書が立っていた。

「なんだよ踏青、工部に行ったんじゃないのか……？」

「忘れた書類を取りに戻ったら、うちの可愛《かわい》い部下が迫られていたので。というか、いつの間に二度目を？　何かお変わりは？」

「別に無いが」

「紗耶くんは？」

ゆったりと歩み寄って来た戸部尚書が、自席から書類を探しがてら、紗耶に視線を向けてきた。が、紗耶としては衝撃すぎて何を聞かれているのか理解できない。

「へ……？　え……？」

「いえね、『比翼の誓約』によると、天に遣わされし『月輪の君』は、比翼である『日輪の君』とだけ意思の疎通ができる存在でしたが、口づけによる誓約でようやくこの地に交わった、と云《い》われているんです」

「昔話だろ」

「まぁそうなんですけどね。陛下と口づけを交わした紗耶くんにも、何か変化はなかったかな、と」

「はい…………？」

……いや、そんなことよりもさぁ……。

私は陛下にキスされた事をもっと驚きたいんですけど⁉

今のはこれまでの非常時二回とは訳が違いません⁉

何よりも戸部尚書にも見られたのが……この居た堪《たま》れなさをどうしてくれるんだ。陛下は全く気にしてないし……いや、この人本当に、口づけを誓約として大事にしている国の人なの？？？

変な伝説の話も意味がわからないし、結局ソレってただの神話的なものなんでしょ……？

色んな意味で目を白黒させる紗耶に、話の意味が理解できないかと、懇切丁寧にも再び口を開いたのは陛下だ。

「あまり真に受けるな。そういう伝承がある、というだけだ。……瑞兆《ずいちょう》と信仰されている俺のような色をした皇帝には、同じく瑞兆が天から遣わされるらしい。で、その瑞兆はこの世界の人間じゃないから言葉を解さず、口づけで誓約をして、この世界の人間にするんだと」

「……そんな御伽噺《おとぎばなし》な……」

って、五年前、日本から突然この世界に迷い込んだ私が言う？　……なんて。

「どうせ言葉の通じない外国の方とかを見て、そんな話になったんじゃないですか？」

交通の便が発達してないから、遠方の人間と交流する機会なんてほとんどない世界なのだ。異国人に驚いた話が歪曲《わいきょく》されたのだろう。一応、科学技術の発達した日本で生きていたのだ。こんなファンタジーな状態で生活をしていても、疑うような考えをしてしまうぐらいには現実主義者なのである。

そんな、不貞腐《ふてくさ》れたような紗耶の言葉に、室内の二人は不思議そうな顔をした。

「言葉の、通じない……？」

「……そんな国、陛下はご存知《ぞんじ》ですか？」

「いや……訛《なま》りはあっても通じない、なんてことは聞いた事がないな……」

「……ええ…………？」

二人の会話に、今度は紗耶の方が目が点になった。

この世界は統一言語って事……？？

いや、でも……、

「あのっ、最初出会った時に陛下を拘束してた男達って……」

別の言葉を喋《しゃべ》ってましたよね？

陛下の言葉は理解できても、あの男達とは何の意思疎通も出来なかったし……と恐る恐る尋ねてみるも、

「…………？　情けない話だが、璃寛皇国の人間だぞ。権力闘争での内乱だからな」

へ…………？

えーと……どういうこと？

あの時確かに、陛下のはわかったけど、男たちの言葉はわからなかったよ？

何を言ったって全く理解できない言葉しか返ってこなかったけど？

え、なんで？

「最初の人工呼吸は致し方ないとしても、二回目以降は完全に問題ですよ、陛下」

「一度やったらもう二回だろうが三回だろうが一緒じゃないか。何か変化があったわけでもあるまいし……」

「なんて信心深さのない人ですか……」

呆《あき》れたように溜息《ためいき》を吐《つ》く戸部尚書を見ながら、紗耶は冷や汗が垂れてくるのを感じた。

そうだ。

一度目の口づけは溺《おぼ》れた時にされたらしい、人工呼吸だったんだ。

もし……あの時の人工呼吸が『誓約』とやらになっていたとしたら……？

人工呼吸の前に出会ったのは、陛下と、陛下を襲った男達だけ。その男達とは全く言葉が通じなかったが、人工呼吸の後に集まった兵士たちの言葉はわかった。……最初から言葉が通じていたのは陛下だけで……襲って来た男達はこの国の人間だから言語は同じ筈《はず》で……。

………。

えーと、『月輪の君』とやらは、『日輪の君』とだけ意思の疎通ができる存在だった……？

…………。

隣で談笑する美丈夫を見つめる。

確かに、出会いが運命的かと言われればそうだ。なんたって別の世界にまでやってきたのだから。

…………。

あの時の人工呼吸が、この地に交じる誓約になったって……？

人工呼吸で？？

（……う、嘘《うそ》でしょっ⁉　なによ、その情緒のないシステムは……！！！）

気安いじゃれ合いを続ける二人を尻目《しりめ》に、平穏な官吏ライフを送りたい紗耶は、髪を隠す布を手で確かめ……そして、一呼吸置いてから書類へと向き直った。

……もう、無心で仕事をしよう。

深く考えることを完全に拒否した紗耶は、全部を右から左にスルーして、目の前の書類に没頭することを決めたのだ。

——平穏で刺激的な、この生活のために。

＊＊＊

皇暦五一二年。

日輪は月輪を得、比翼は連理となる。

瑞兆はその双翼を以《もっ》て、民を教え導いた。

この国が皇妃を戴《いただ》くまで、あと××日………。

あとがき

こんにちは、はじめまして！　平仮名だらけで読みにくいのですが、『しののめ　すぴこ』と申します。この度は、『璃寛皇国《りかんこうこく》ひきこもり瑞兆妃伝《ずいちょうひでん》』をお手にとってくださり有難うございます！

隠し事だらけな主人公・紗耶《さや》の、仕事漬けな日々は如何《いかが》でしたでしょうか？

俺様マイペースな陛下も、紗耶には振り回されっぱなしのようですね。

いや、紗耶もだいぶ振り回されているから、お互い様かな……？

ウェブ版からはキャラも増え、紗耶の後宮ライフもだいぶ快適になりました。李琳《りりん》ちゃんの暴走しがちな思考が、書いていてとても楽しかったです。これもひとえに担当様のご助言のおかげでございます。他にも様々なところでフォローしていただき、こうやって書籍として皆様にお届けできて感無量です。

ウェブ連載時より応援してくださった読者の皆様には、本当に力を頂きました。こうやってお目見えできたのも、応援の言葉が背中を押してくださったからだと思っております。本当に、感謝してもしきれません！　お忙しい日々の中、どうぞ少しの間でも楽しんで頂ければ幸いでございます。

また、素敵なイラストを描いてくださいました、ｔｏｉ８様。作者なんかの想像を超えて、可愛《かわい》くてカッコいい紗耶が可視化されて感動しました。わたしは暫《しばら》く、イラストだけを眺めて楽しもう

と思っております。笑

では、また機会がございましたら再びお会いできますように……！

しののめ　すぴこ

カドカワBOOKS

璃寛皇国《りかんこうこく》ひきこもり瑞兆妃伝《ずいちょうひでん》
日々後宮《ひびこうきゅう》を抜《ぬ》け出《だ》し、有能官吏《ゆうのうかんり》やってます。

2021年12月10日　初版発行
2022年７月25日　３版発行

著者／しののめすぴこ

発行者／青柳昌行

発行／株式会社KADOKAWA

〒102-8177
東京都千代田区富士見2-13-3
電話／0570-002-301（ナビダイヤル）

編集／カドカワBOOKS編集部

印刷所／大日本印刷

製本所／大日本印刷

Printed in Japan
ISBN 978-4-04-074352-3 C0093

新文芸宣言

かつて「知」と「美」は特権階級の所有物でした。

15世紀、グーテンベルクが発明した活版印刷技術は、特権階級から「知」と「美」を解放し、ルネサンスや宗教改革を導きました。市民革命や産業革命も、大衆に「知」と「美」が広まらなければ起こりえませんでした。人間は、本を読むことにより、自由と平等を獲得していったのです。

21世紀、インターネット技術により、第二の「知」と「美」の解放が起こりました。一部の選ばれた才能を持つ者だけが文章や絵、映像を発表できる時代は終わり、誰もがネット上で自己表現を出来る時代がやってきました。

UGC（ユーザージェネレイテッドコンテンツ）の波は、今世界を席巻しています。UGCから生まれた小説は、一般大衆からの批評を取り込みながら内容を充実させて行きます。受け手と送り手の情報の交換によって、UGCは量的な評価を獲得し、爆発的にその数を増やしているのです。

こうしたUGCから生まれた小説群を、私たちは「新文芸」と名付けました。

新文芸は、インターネットによる新しい「知」と「美」の形です。

2015年10月10日
井上伸一郎

重版続々！
シリーズ好評発売中！
奇跡に詠唱は要らない――
気弱で臆病だけど最強な魔女の物語、書籍で新生！
B's-LOG COMIC
ほかにて
コミカライズ
連載中！
サイレント・ウィッチ
沈黙の魔女の隠しごと

百花宮のお掃除係
黒辺あゆみ
イラスト　しのとうこ
転生した
新米宮女、
後宮のお悩み
解決します。
シリーズ好評発売中！
カドカワBOOKS
前世の記憶をもったまま中華風の異世界に転生していた雨妹。後宮へ宮仕えする機会を得て、野次馬魂全開で乗り込んでいった彼女は、そこで「呪い憑き」の噂を耳にする。しかし雨妹は、それが呪いではないと気づき……

FLOS COMICにて
コミカライズ連載中！
漫画・shoyu
憧れの後宮はトラブルだらけでした!?
新米宮女、医療チートで大活躍！
呪い信者の道士と医学論争!?
風邪の予防にアルコール消毒！
無害な化粧品づくり！
第4回カクヨムWeb小説コンテスト
キャラクター文芸部門
〈特別賞〉

竜と精霊と聖女の力で……
領地が
めちゃめちゃ強くなってます!?
コミックス
好評発売中！
漫画：黒野ユウ
黒野ユウ
1
役立たずと言われたので、わたしの家は独立します！

発売即緊急重版
役立たずと
言われたので、わたしの家は
独立します！
～伝説の竜を目覚めさせたら、なぜか最強の国になっていました～
遠野九重
画 阿倍野ちゃこ
カドカワBOOKS
言いがかりで婚約破棄された聖女・フローラ。そんな中、魔物が領地に攻め込んできて大ピンチ。生贄として伝説の竜に助けを求めるが、彼はフローラの守護者になると言い出した！　手始めに魔物の大群を一掃し……!?
シリーズ好評発売中！！

最強の食事係兼ポーターとして
異世界グルメ旅、スタート！
B's-LOG COMICほか
異世界コミックにて
コミカライズ連載開始！
漫画・小神奈々

suterare seijo no isekai gohantabi
捨てられ聖女の異世界ごはん旅
隠れスキルでキャンピングカーを召喚しました
シリーズ好評発売中！
米織 ill 仁藤あかね
カドカワBOOKS
聖女召喚されたものの、ハズレだと異世界に放り出されたリンは、特殊環境下でのみ実力を発揮する超有能スキル持ちだった！　アウトドア好きの血が騒ぎ異世界初川釣りに挑戦していると、流れてきたのは……冒険者!?

悪役令嬢になんか、なりません。
私は『普通』の公爵令嬢です！
さわるなキケン
明。
illustration
秋咲りお

あたたかな辺境で、
薬作りとドラゴン育てを
スタート!